Chinz

Der perfekte Kaffee

Ein Kännchen Leben

Buch

Ein Mann sitzt in einem Straßencafé, trinkt ein Kännchen Kaffee und durchlebt dabei noch einmal sein Leben, bei dem an den entscheidenden Stellen Kaffee eine bedeutende Rolle gespielt hat...

Autor

Chinz, 1968 in Köln geboren, wohnt heute in Varel.

Er arbeitet als Krankenpfleger, lebt als Musiker und Schriftsteller und bezeichnet sich selbst als gut gelaunten Melancholiker.

Bisher erschienen:
- „Alzagra", Roman
- „Die Brücke" (Kommissar Kittys erster Fall), Krimi
- „Fast zu spät" (Das Schweigen der Glascontainer), Roman
- „Ruhe sanft" (Kommissar Kittys zweiter Fall), Krimi
- „Die Besucher", Theaterstück
- „Jupp", Novelle

Chinz

Der perfekte Kaffee

Ein Kännchen Leben

Roman

Tiff & Toff Taschenbuch 007

Die Deutsche Nationalbibliothek verzeichnet diese Publikation in der Deutschen Nationalbibliografie; detaillierte bibliografische Daten sind im Internet über
http://dnb.dnb.de
abrufbar.

© 2016 by Chinz und Tiff & Toff – Verlag
Hullenwiesenstraße 8
26316 Varel
www.TiffundToff-Verlag.de

Herstellung und Verlag:
BoD – Books on Demand, Norderstedt
ISBN: 978-3-7347-2748-1

für meine Muse

„Da, in deinen Augen, das bin ich; so viel mehr, als in jedem anderen Spiegel!
Du bist der einzige Spiegel, in dem ich mich mag;
das einzige Spiegelbild, in dem ich mich erkenne;
alles was ich war, und noch mehr, alles was ich gerne gewesen wäre..."
(Kira Raki „Briefe an James")

Prolog:

Der junge Mann mit den dunklen Haaren saß am Tisch schräg gegenüber.

Anfangs sah ich nur zu ihm, weil ich neidisch auf ihn war. Sein Tisch stand in der Sonne, während ich im Schatten fror, an diesem, für Anfang Juli, ungewöhnlich kalten Tag.

Es dauerte eine Weile, bis ich mir darüber im Klaren war, warum ich meine Augen nicht mehr von ihm lassen konnte und warum mir, als er seinen Kaffee ausgetrunken hatte, irgendwie auch warm war.

Er hatte ein großes Kännchen mit Kaffee und ein kleines Kännchen mit Milch auf seinem Tisch stehen. Vor jedem Schluck sah er in seine Tasse, schüttete dann etwas Milch oder Kaffee aus den Kännchen nach, rührte kurz um, schaute wieder und korrigierte bei Bedarf noch einmal - wie ein Maler, der mit der Farbe oder Intensität des Bildes nicht ganz zufrieden ist und noch eine Schicht aufträgt.

Bevor er trank, schloss er die Augen, roch an dem Kaffee und nahm dann ganz langsam und behutsam, fast zärtlich, einen Schluck. Die Tasse verharrte immer lange an seinen Lippen und auf seinem Gesicht spielte sich jedes Mal eine ganze Geschichte ab. Intensive Gefühle von Freude, Hoffnung, Liebe und Glück.

Er schien in Gedanken sehr weit weg zu sein; bekam auch nichts mit, von dem, was um ihn herum geschah - weder das laute Scheppern, als die Kellnerin ihr Tablett hinter ihm fallen ließ, noch das schrille Geschrei des Babys im vorbeifahrenden Kinderwagen.

Nachdem ich zuerst gedacht hatte, er genieße einen außergewöhnlich guten Kaffee, war mir am Ende klar: Er hatte dort eben sein ganzes Leben ausgetrunken. Als wenn dieser Film, den wir angeblich kurz vor dem Tod in uns sehen, bei ihm eben beim Trinken dieses Kännchens abgelaufen war...

„Das Leben ausgetrunken" – erscheint mir keine gelungene Formulierung, aber genauso, wortwörtlich, fühlte es sich an. Vielleicht weil ich jedes Mal, wenn ich zu ihm hinsah, das Gefühl hatte, er sei älter geworden. Entweder hatte mich anfangs die Sonne geblendet oder er war während des Trinkens um Jahrzehnte gealtert. Da saß in Wirklichkeit ein grauhaariger Mann, mit vielen Falten im Gesicht.

Was geschah mit ihm, nachdem er den letzten Schluck getrunken hatte?

Ich weiß es nicht. Ich hatte inzwischen versucht, ähnliche Gefühle mit meiner Cola zu erleben. Sie schmeckte zwar erfrischend und prickelnd, aber wenn ich die Augen schloss, spielte sich in meiner Phantasie nicht viel ab - Ich sah mich fröstelnd im Schatten sitzen und Cola trinken...

Ich schaute noch einmal zu dem Mann und während er die Farbe mixte, diesmal mit so viel Milch, dass der Kaffee grau bis weiß sein musste, erkannte ich meinen Fehler. Ich hob langsam mein Glas, schaute lange auf die Farbe meiner Limonade (hoffte dabei, dass mich niemand beobachtete) schloss die Augen und trank langsam und behutsam einen Schluck klebriges Zuckerwasser...

Ich saß wieder im Kunst-Unterricht, halblinks hinter Susanne, deren dunkelbraune Haare tatsächlich eine, mir damals nicht aufgefallene, Ähnlichkeit mit Cola hatten... Der Unterricht war selbst in der Erinnerung zähklebrig wie früher und wie das Getränk in meinem Mund jetzt, aber wie ich Susanne nun, diesmal ganz in Ruhe, von der Seite betrachtete, hatte ich auf einmal eine sehr deutliche Vorstellung davon, was ein wahres Kunstwerk ist...

Ich schluckte die Cola hinunter, Susanne drehte sich um, ein kaltes, erfrischendes Prickeln in der Kehle, ein heißer, belebender Schauer auf dem Rücken...

Als ich die Augen wieder öffnete, saß er nicht mehr da.

Die Bedienung räumte gerade seine Kännchen auf ein Tablett. Ich schaute mich schnell um, aber auch auf der Straße war er nirgends zu sehen.

Irgendwie bin ich der festen Überzeugung, dass er sich nach dem letzten Schluck einfach so, nein, nicht einfach so, mit einem zufriedenen und glücklichen Lächeln, nach einem langen und erfüllten Leben, in Luft aufgelöst hat...

Erster Schluck

Irgendwo auf der Welt schien die Sonne.

Menschen lagen am Strand, spazierten durch blühende Blumenfelder oder tranken erfrischende Getränke auf der Terrasse.

Irgendwo auf der Welt schien jetzt die Sonne.

Irgendwo..., weit..., sehr weit weg.

Ted schaltete den Scheibenwischer an, schloss genervt von dem quietschenden Geräusch die Augen, atmete tief durch, öffnete die Augen, fuhr fünf Meter weiter bis zum Opel Astra vor ihm, blieb stehen und schaltete den Scheibenwischer wieder aus.

Dauerregen seit Oberhausen, noch zweihundert Kilometer bis Hamburg und jetzt schon die vierte Baustelle.

Eine halbe Minute später fuhr der Astra zwanzig Meter weiter, bevor er wieder stehen blieb.

Werde ich es schaffen, eine so lange Strecke in einem durch zu fahren oder soll ich lieber nach zehn Metern eine Rast einlegen?

Ted stellte den Scheibenwischer an und gab Vollgas.

Bei jedem anderen Fahrzeug wäre das übertrieben gewesen, aber sein VW-Bus hatte ziemliche Schwierigkeiten am Berg anzufahren; selbst mit Vollgas ruckelte er heftig.

Die Wischblätter quietschten so laut, dass es keine Freude war, Musik zu hören. Ted schaltete die Cassette aus und fuhr die zwanzig Meter weiter.

Der VW-Bus ruckelte diesmal sogar beim Bremsen.

Ted lag deutlich hinter seinem Zeitplan. Der Rest der Band trudelte wahrscheinlich gerade im Probenraum ein und wunderte sich, dass Gitarren und Verstärker noch nicht da waren. Ohne ihn konnten sie nicht anfangen und das, wo sie wirklich dringend üben mussten für das Konzert morgen!

Der Auftritt in München war eine Katastrophe gewesen. Seit drei Jahren spielten sie zusammen, immer die gleichen selbstgeschriebenen Lieder, die eigentlich nicht besonders schwer waren und doch... Gestern waren sie das erste Mal vor großem Publikum aufgetreten - fast tausend Gäste in der Halle - und bei Bernd und Peter hatten die Nerven geflattert. Wenn Schlagzeug und Bass dauernd aus dem Rhythmus kommen, können Gitarren und Klavier nicht viel retten...

„The Losers" wäre vorgestern ein wirklich passender Bandname für sie gewesen. Der hatte bei der Gründung mit zur Diskussion gestanden; sie hatten sich dann aber doch für *„The Flying Dishes"* entschieden.

Morgen in Hamburg erwarteten sie über zweitausend Zuschauer, darunter einige ernstzunehmende Kritiker, vielleicht sogar ein Plattenboss... Ihre große Chance.

Endlich freie Fahrt. Allerdings ruckelte der VW-Bus schon wieder, obwohl er jetzt durch Flachland fuhr.

Ted startete noch einmal die Cassette mit der Demoversion eines neuen Liedes, das er den anderen gleich vorstellen wollte. Die Melodie hatte er schon lange im Ohr, beim Text hakte es noch... Ihm fehlte ein passender Vergleich in der letzten Strophe.

Ihre Haare, braun wie Madagaskar-Ebenholz...

Das war natürlich nur die vorläufige Version. Er hatte noch niemanden kennengelernt, der die typische dunkelbraune, fast schwarze Färbung von Madagaskar-Ebenholz kannte, es reimte sich nicht und vom Rhythmus passte es schon gar nicht. Es war halt die Haarfarbe von Julia, seiner ersten Freundin, der dieses Lied gewidmet war.

Wieder Warnblinker vor ihm...; der nächste Stau. Ted schüttelte frustriert den Kopf. Er hatte eigentlich gedacht, dass hier im Norden kaum Menschen wohnten und die paar entweder mit dem Trecker außerhalb der Autobahn unterwegs waren oder um diese Uhrzeit längst zu Hause weilten...

Polizei und Krankenwagen fuhren durch die Rettungsgasse, sonst bewegte sich nichts.

Etwas später noch ein Krankenwagen und die Feuerwehr. Offensichtlich ein schwerer Unfall, wahrscheinlich eine Vollsperrung... Ted versuchte vergeblich einen Sender mit Verkehrsfunk zu finden, genauer gesagt, überhaupt einen Sender zu finden.

Mehrere Autos fuhren auf dem Standstreifen vorbei. Da vorne musste eine Ausfahrt sein.

Ted holte die Straßenkarte aus dem Handschuhfach. Das würde ein ziemlicher Umweg werden, über ihm völlig unbekannte Dörfer, aber allemal besser als hier womöglich noch stundenlang rumzustehen...

Ted war froh, wieder fahren zu können. Vom VW-Bus konnte man das nicht mit Sicherheit behaupten... - Er ruckelte immer häufiger und stärker.

Die Landstraße ging gefühlt schon zwanzig Kilometer geradeaus, als endlich eine ernstzunehmende Kurve kam und kurz dahinter... war die Straße wegen einer Baustelle gesperrt!

Scheiße! Braun wie Scheiße!

Zwei Umleitungen waren ausgeschildert, eine nach rechts, eine nach links, beide zu Orten, die er nicht kannte... Die Karte war alt, die Funzel im Bus gab kaum Licht, der Regen hatte noch zugenommen. Straßennamen waren nicht zu erkennen...

Irgendeine Landstraße, irgendwo in Ostfriesland, Starkregen, Blitz und Donner.

Ted schloss kurz die Augen, fragte seinen Instinkt, der unsicher mit den Schultern zuckte.

Ted bog nach links, auf einen holprigen, unbeleuchteten Weg ab. Ein Schild warnte vor Straßenschäden.

Der VW-Bus und die Schlaglöcher führten einen kilometerlangen Wettkampf, wer stärkeres Ruckeln erzeugen könne, bis der Bus aufgab, nicht nur diesen Wettkampf - Er ruckelte nicht mehr..., er machte gar nichts mehr. Ted drückte das Gaspedal durch, doch der Motor erstarb und der Bus rollte nur noch aus und stand dann still.

Nichts.

Wo war er? Irgendwo im Niemandsland.

Kein Ort. Nirgends.

Ein heller Lichtstrahl, sofort gefolgt von einem ohrenbetäubenden Knall. Der Blitz hatte einen Baum in höchstens fünfzig Metern Entfernung gespalten. Ein, unter anderen Umständen, beeindruckendes Schauspiel. Ted jedoch dachte nur an die Schlagzeile in der Zeitung heute Morgen:

Nicht alle Fahrzeuge sicher bei Gewitter!

Den Artikel hatte er dummerweise nicht gelesen...

Er hatte Angst.

Fünf Minuten später war das Gewitter vorbei und auch der Regen ließ nach. Ted stieg aus und öffnete die Motorhaube. Er warf einen Blick in den Motorraum und zuckte die Schultern. Was hatte er erwartet? Er hatte keine Ahnung von Autos, hatte in seinem Leben noch nicht mal einen Reifen oder Öl gewechselt. Da war ein Motor, wahrscheinlich, irgendetwas im Dunkeln, was so aussah.

Er schlug die Klappe wieder zu. Selbst wenn er Ahnung gehabt hätte... Es war stockfinster, er hatte keine Taschenlampe und der Regen nahm wieder zu. Er setzte sich in den Bus, die Scheiben beschlugen innerhalb weniger Sekunden.

Ted nahm eine Gitarre und spielte das neue Lied.

Braun wie Scheiße passte sogar vom Rhythmus. Es war allerdings nicht ganz das, was die ursprüngliche Intention dieses Liedes gewesen war.

Ted legte die Gitarre beiseite und schaute auf die Uhr. Jetzt hätte ihre Probe beginnen sollen... Er hatte eine ungefähre Vorstellung davon, wie die anderen jetzt über ihn redeten.

Die Stimmung war schon seit Wochen äußerst angespannt. Das Wort Trennung hatte noch keiner in den Mund genommen, aber Ted war sich sicher, dass er nicht der Einzige war, der darüber nachgedacht hatte. Wahrscheinlich würden die anderen lieber ohne ihn weitermachen. Er war zwar der Gründer der Band und hatte die meisten Lieder des ersten Albums geschrieben, aber die fröhlicheren und erfolgreicheren Lieder der zweiten Platte stammten von Bernd.

Wenn Ted ehrlich zu sich war, hatte er eigentlich auch keine Lust mehr, mit den anderen zusammen zu spielen, aber er sah keine Alternative.

Eine Solokarriere? Seine Lieder waren für Band geschrieben, reichten zur Not für einen netten Abend am Lagerfeuer...

Ted starrte aus dem Fenster, ohne zu merken, dass er nicht wirklich aus dem Fenster starrte, sondern nur die beschlagene Scheibe ansah... - was aber nicht viel Unterschied machte, weil draußen eh alles grau und nass war...

Eine neue Band zusammenstellen, das würde dauern; wovon solange leben, wo wohnen?

Zurück zu den Eltern? Die würden sich bedanken!

...Ja..., doch..., wahrscheinlich tatsächlich, aber er selber...? Seine Eltern waren seine Vergangenheit, seine überwiegend nicht erfreuliche Vergangenheit. Musik war sein Leben, aber dass er davon leben konnte, erschien nun unwahrscheinlicher denn je... Was umso ärgerlicher war, weil sein Vater ihm genau das vorausgesagt hatte...

Endlich etwas Licht. Die Wolken rissen stellenweise auf. Ab und zu war der Mond zu sehen.

Ted stand hier schon über eine halbe Stunde, aber kein einziges Auto war vorbei gekommen...

Er stieg aus. Soweit er sich erinnern konnte, waren die letzten Kilometer keine beleuchteten Häuser zu sehen gewesen..., also ging er nach vorne los.

Es regnete nicht mehr, dafür wehte ein eisiger und starker Wind; ab und zu ein Blitz in der Ferne, leise grummelnder Himmel.

Ted musste an die Trennung von Julia denken. Auch damals war er in einer kalten und dunklen Nacht zu Fuß nach Hause gegangen, eine halbe Stunde durch Sturm und Regen

Doch dieses Mal war er nach einer halben Stunde nicht nur nicht zuhause; er hatte bisher keinerlei Anzeichen für Leben in diesem Landstrich gefunden.

Was, wenn jetzt stundenlang kein Haus kam?

Seine Kleidung war nass und er zitterte vor Kälte.

Zurückgehen?

Der Bus bot auch keine Wärme...

Ted ging weiter, ohne das Gefühl, wirklich weiter zu kommen.

Das Zittern wurde stärker, die Zähne hätten geklappert, wenn er den Mund nicht zusammengepresst hätte und seine Gedanken wurden immer melodramatischer:

Ob das jetzt das Ende ist?

Mit jedem Aufleuchten eines Blitzes in der Ferne zuckte eine Erinnerung durch seinen Kopf.

Wenn das mein Lebensfilm ist, ist die Bilanz ziemlich ernüchternd.

Aber sterben? Gerade jetzt, wo ich gedacht hatte, das große, freie Leben würde endlich begi... Da!!!

Da vorne war ein Dorf!

Im kurzen Licht eines Blitzes hatte Ted den Umriss eines Kirchturms gesehen. Er ging schneller.

Zwanzig Minuten später kam er endlich in bewohntem Gebiet an. Ein paar dunkle Häuser, ein Kirchturm war als Schatten zu erkennen und eine beleuchtete Gaststätte.

Ted war nur noch wenige Schritte von der *„Kyffhäuser Hütte"* entfernt, da ging auch dort das Licht aus...

Nein!

Ted rannte die letzten hundert Meter zum Gebäude. Im Schankraum brannte noch ein schwaches Licht. Er klopfte ans Fenster, bis die Tür einen Spalt breit geöffnet wurde.

„Tut mir leid, wir haben geschlossen!"

„Entschuldigen Sie die Störung! Ich habe eine Panne und muss dringend telefonieren! Wäre das möglich? Bitte! Ich bin danach auch sofort wieder weg!"

Ted konnte in dem dunklen Spalt vor ihm nichts erkennen.

Eine Weile geschah nichts.

„Okay. Einen Moment."

Die Kette wurde entsperrt und dann ging die Tür ganz auf. Eine kleine dunkelhaarige Frau in seinem Alter stand vor Ted und lächelte ihn an.

„Kommen Sie rein."

„Danke. Vielen Dank!"

Ted putzte seine matschigen Schuhe ausgiebig auf der Matte ab und ging in den Schankraum. Alle Stühle standen auf den Tischen, die Barhocker auf der Theke. Die junge Frau musterte ihn.

„Sie waren schon etwas länger im Regen unterwegs. Ist aber auch ein Schietwetter heute!"

„Das kann man wohl sagen!" Ted hatte Mühe das Zähneklappern zu unterdrücken. „Wo ist das Telefon?"

„Hinter der Theke links. Einfach die Null wählen, dann kommt ein Freizeichen. Haben Sie Kleingeld?"

„Ja. Danke!"

Ted rief zuerst beim ADAC an, musste zwischendurch nachfragen, wo er hier war; auch der Mitarbeiter vom Verkehrsclub hatte den Namen des Ortes noch nie gehört. Es würde mindestens zwei Stunden dauern, bis jemand in die Gegend kommen könne. Es sei heute sehr viel los.

Die Probe war definitiv gestorben. Ted rief bei den Bandkollegen an. Ein ausgesprochen unerfreuliches Gespräch. Das Konzert morgen würden sie spielen und danach müssten sie sich mal unterhalten...

Ted lehnte den Kopf gegen die Wand.

Lebe deinen Traum! Ha! Das war sein Traum gewesen. Doch lange bevor es traumhaft wurde, klingelte der Wecker der Realität...

Das laute Geräusch, das Ted aus seinen trüben Gedanken riss, war kein Wecker, sondern ein Kaffeeautomat.

Ted kam zurück zur Theke, die inzwischen wieder richtig beleuchtet war. Zwei Hocker standen auf dem Boden und zwei dampfende Tassen standen auf dem Tresen. Die dunkelhaarige Frau stand mit einem Handtuch in der Hand davor und lächelte ihn an.

„Hört sich an, als würde das noch eine längere Nacht. Da können Sie sicher einen Kaffee brauchen. Und jetzt trocknen Sie sich erst mal ab, sonst ist das Auto wieder heil und Sie sind defekt..."

Ted nickte dankbar, zog seine nasse Jacke aus, trocknete sich ab und nahm einen Schluck von dem wunderbar heißen Getränk.

Die junge Frau nahm ihm das Handtuch ab und hängte ihm ihre Jacke über.

„Ich heiße übrigens Kira."

„Ted."

„Was hat dich in diese gottverlassene Einöde getrieben, Ted?"

„Ich war eigentlich auf dem Weg nach Hamburg, da gab es einen Unfall auf der Autobahn und ich dachte, ich käme über Landstraße schneller voran, aber da gab dann mein VW-Bus den Geist auf..., mitten in dieser gottverlassenen Einöde... Und du lebst hier?"

„Ja. Aber hoffentlich nicht mehr lange! Mein Freund ist bald mit seiner Ausbildung fertig und er hat mir versprochen, dass wir dann schnellstmöglich hier wegziehen."

Sie erzählte ein bisschen von ihrem Heimatdorf, Ted von seinem; ein bisschen über Gott und etwas mehr über die Welt; dann war die Tasse ausgetrunken.

„Danke für den Kaffee, Kira. Der tat wirklich gut. Ich gehe dann mal zurück."

„Es dauert noch über eine Stunde, bis der ADAC da ist."

„Ja, schon. Aber du wolltest doch Feierabend machen."

„Ach, ich bin nicht wirklich müde und du bist noch nicht wirklich trocken. Ich fahr dich gleich hin, dann haben wir noch etwas Zeit für einen zweiten Kaffee. Irgendwie habe ich auf einmal Hunger. Soll ich uns noch einen Salat machen?"

Ted strahlte. „Gerne! Ich helfe dir!"

Sie gingen in die Küche, bereiteten zusammen einen Thunfischsalat zu und aßen ihn dort auch gleich auf.

Anschließend tranken sie den zweiten Kaffee, aßen selbstgemachtes Tiramisu und unterhielten sich über Literatur.

Nachdem sie festgestellt hatten, dass „Stiller" ihrer beider Lieblingsbuch war und dass sie beide Fernando Pessoa verehrten (sie kannten jeweils sonst niemanden, der überhaupt mal von ihm gehört hatte) kamen sie sich vor wie alte Freunde, die sich schon lange kannten und zwar noch keine gemeinsame Realität, aber viel gemeinsames Leben in erdachten Welten teilten...

Es regnete wieder leicht und der Wind war nach wie vor sehr stark. Der nette Mann vom ADAC und Ted werkelten zehn Minuten im Motorraum, aber der Bus sprang nicht wieder an.

„Da bleibt nur Abschleppen. Haben Sie eine Möglichkeit zu übernachten?"

„Ja", sagte überraschend eine Stimme hinter Ted.

Kira hatte sich im Bus umgesehen und kletterte gerade wieder raus.

„Wir haben zwei Gästezimmer in der Kyffhäuser Hütte und die sind beide frei."

Sie gab dem *Gelben Engel* ihre Telefonnummer, damit die Werkstatt dort anrufen könnte, wenn der Bus wieder fahrbereit sei; ging dann mit Ted zu ihrem Auto und fuhr zurück zur Gaststätte.

Sie holte den Schlüssel aus einer Schlüsselbox neben der Tür.

„Der Code ist einfach zu merken: Meine Mutter liebt Kölnisch Wasser – also: *4711*."

Sie machte nur wenig Licht in der Gaststätte an, dafür mehrere Kerzen an einem Tisch.

„Willst du ein Bier oder einen Whisky auf den Schock?"

„Danke. Aber ich glaube, am liebsten hätte ich noch einen Kaffee."

„Sehr gerne! Da trinke ich auch noch einen mit."

Sie setzten sich mit ihren Tassen an den kerzenerleuchteten Tisch.

Ted seufzte zufrieden nach dem ersten Schluck: „Der schmeckt außergewöhnlich gut."

„Der ist auch wirklich etwas ganz Besonderes. Er kommt von einer kleinen Kaffeefarm am Kilimandscharo. Eine Frau hier aus der Gegend ist vor zehn Jahren dahin ausgewandert, hat eine kleine Kaffeefarm gegründet und verkauft ihren Kaffee inzwischen in alle Welt. Wir sind das einzige Café in der weiteren Umgebung, das Kaffee von der *Machare-Farm* serviert. Ich habe eine Zeit lang mit dem Gedanken gespielt, von zu Hause wegzulaufen, mich irgendwie nach Tansania durchzuschlagen und auf der Farm dort anzuheuern, aber ich habe mich nicht getraut..."

„Tja, ich bin von zuhause weggelaufen, um meinen Traum zu leben..., aber das hat nicht wirklich... Ach... Entschuldigung, ich will dir natürlich nicht den Mut nehmen!"

„Alles gut. Es war ja wohl mehr der Wunsch nach Flucht, als ein wirklicher Lebenstraum und jetzt ist meine Befreiung aus diesem Kaff ja schon in Sichtweite... Dein Traum war Musiker zu werden?"

„Ja."

„Und du spielst in einer Band?"

„Ja. Woher weißt...?"

„Der ganze Bus ist voller Gitarren und Teile deines Telefonats waren nicht zu überhören. Ihr habt ein Problem?"

„Ja. Wir wollten heute Abend proben für den Auftritt morgen. Wir geben ein Konzert in Hamburg."

„Cool! Obwohl..., morgen? Wie schade! Morgen kann ich nicht; macht ihr noch mehr Konzerte?"

„Nein. Das sollte eigentlich der Höhepunkt und Abschluss der Tournee werden; doch wenn wir nochmal so spielen wie in München, dürfte es eher der Abschluss unserer Karriere sein."

Ted erzählte kurz etwas von dem Konzert, Kira sagte nur „O weh!", dann schwiegen sie und tranken den heißen Kaffee. Obwohl Ted das Ausmaß der Katastrophe jetzt klar vor Augen stand, ging es ihm besser.

„Wie heißt eure Band?"

„The Flying Dishes."

„Nein! Dann bist du Ted Schäffler?"

„Ja."

„Wahnsinn! Ich habe *Homecoming Queen* bestimmt schon tausend Mal gehört."

„Wirklich?"

„Ja. Ich liebe dieses Lied! Kannst du das auf Klavier spielen?"

„Nein, nur mit Gitarre. Hast du eine hier?"

„So ein Mist! Hätten wir bloß eine deiner Gitarren mitgenommen! Wir haben nur ein Klavier... Aber... Kannst du mir sagen, wie die Griffe sind?"

Kira setzte sich an das Klavier in der Ecke des Schankraums, Ted stellte sich neben sie und sagte ihr, wie er das Lied auf Gitarre spielte. Kira „übersetzte" die Griffe mühelos in Akkorde auf dem Klavier und schon bald sangen sie gemeinsam *Homecoming Queen* und noch einige andere Lieder der ersten Platte.

Kira strahlte. „Komm, probier auch mal! Das Lied ist wirklich nicht schwer. Eigentlich brauchst du nur vier Akkorde und ein paar Übergänge. Das bringe ich dir schnell bei."

Ted setzte sich auf den Klavierhocker. Zwölf Mal hatte er bereits auf so einem Möbelstück gesessen, die Klavierlehrerin schräg hinter ihm stehend. Selbst wenn er nicht zu ihr hingesehen hatte, hatte er ihr enttäuschtes Gesicht hinter sich gespürt.

„Oh weh! Du hattest mal Klavierunterricht?"

„Ja."

„Okay. Man *kann* die Hände so halten..., wenn man die Noten in vorgegebener Reihenfolge und schulmäßig hinter sich bringen möchte..., aber..., wenn du die Musik leben möchtest, wenn du selber in der Musik auftauchen willst, empfehle ich doch eine etwas entspanntere Haltung der Hände und des ganzen Körpers. Du hast den ganzen Abend noch nie dermaßen gerade gesessen. Hast du wirklich das Bedürfnis, so zu sitzen?"

„Also... äh... Nein."

„Vergiss alles, was du gelernt hast. Die Musik will nicht korrekt abgearbeitet werden, sie will entdeckt werden. Sei du. Spiel einfach so, wie es dir angenehm ist, ganz intuitiv."

Ted sah das Klavier und seine Hände ratlos an, versuchte innerlich locker zu werden, an nichts zu denken, aber es gelang ihm nicht. Immerhin schaffte er es, nach zweimal tiefem Durchatmen, die alte Klavierlehrerin aus seinen Gedanken zu drängen und die neue neben sich wahrzunehmen... und den

Duft von Kaffee in der Luft. Ted sah zu Kira, die ihn fröhlich anlächelte, nahm noch einen Schluck aus der Tasse und begann zu spielen.

Es klang fürchterlich.

Die Klavierlehrerin zeigte überhaupt kein enttäuschtes Gesicht:

„Sehr gut! Das war ein Anfang! Du bist aus der Erstarrung ausgebrochen. Jetzt musst du nur noch deinen Weg finden. Ich versuche mal was..."

Kira setzte sich hinter ihn auf den Klavierhocker und führte seine Hände.

Anfangs fiel es Ted sehr schwer, sich auf die Musik einzulassen. Er spürte Kiras warme Hände auf seinen; ihren Busen, der sich an seinen Rücken schmiegte;, ihren Atem am Hals und, als wäre das nicht alles schon verwirrend genug gewesen, ein nie gekanntes Gefühl von Geborgenheit und Zuhause.

Nein, an Musik war er gerade gar nicht interessiert; jedenfalls nicht daran, wie sie für andere klang, ob er falsch spielte, ob irgendjemand ein enttäuschtes Gesicht machte...

Er gab sich keine Mühe mehr, achtete nicht darauf, wie seine Finger sich bewegten, ließ Kira einfach führen und die Musik geschehen...

Nachdem sie einige Minuten zusammen gespielt hatten, ließ Kira seine Hände los und Ted bemerkte verblüfft, dass seine Finger einfach weiterspielten, ohne dass er sie willentlich steuern oder nachdenken musste.

Vorher war Musik immer etwas außerhalb von ihm gewesen, was er versuchte zu erfinden und zu formen. Jetzt war sie in ihm, er erfand nicht, er entdeckte... Eine Welt in sich, die er vorher nicht erahnt hatte.

Und... Da war ein völlig neuer Klang. Die altbekannten Lieder, die er schon hundert Mal gespielt hatte, klangen völlig anders, als hätten sie jetzt endlich ihre Bestimmung gefunden...

Kira saß weiter still hinter ihm, ihre Arme um seinen Oberkörper gelegt und ihren Kopf an ihn gelehnt.

Nachdem er alle alten Songs gespielt hatte, probierte er das neue Lied. Auch dieses klang auf Klavier viel besser als auf Gitarre. Kira hob das erste Mal wieder ihren Kopf:

„Das ist wunderschön! Das ist... Das kenn ich noch gar nicht. Wie heißt das? Ist das neu?"

„Ja. Das ist neu und noch nicht ganz fertig. *Julia* wird es heißen. Eigentlich hatte ich etwas mit Gitarre entworfen, aber es ging schon seit Monaten nicht vorwärts... und jetzt..."

Sie nickte.

„Das Richtige mit dem falschen Instrument. Ein wenig beachtetes und doch entscheidendes Problem auf der Welt. Schreibst du die Lieder?"

„Nur ein paar. *Homecoming Queen* halt... Die meisten Lieder der ersten Platte."

„Die war richtig gut. Mit eurem zweiten Album, *Blockbuster*, kann ich nicht viel anfangen..."

Sie spielten sich gegenseitig noch einige Lieder vor, bis sie beide, kurz vor drei Uhr, trotz einer weiteren Tasse Kaffee, zu müde waren.

Kira zeigte Ted die Gästezimmer und stellte dabei fest, dass die Betten dort nicht bezogen waren. Müde schaute sie ihn an:

„Ne, dazu habe ich nun wirklich keine Lust mehr. Wenn du dich bisher nicht auf mich gestürzt hast, wirst du es wohl auch nicht bei mir im Zimmer machen. Das Bett ist ja sehr breit... Versprichst du, artig zu sein?"

„Es wird mir schwer fallen..., aber die Müdigkeit wird dein Verbündeter sein..."

Kira schlief schnell ein.

Ted war zwar hundemüde, spürte aber gleichzeitig ein starkes Verlangen, wieder an das Klavier zu gehen und die neue Welt, die sich ihm da vorhin eröffnet hatte, weiter zu entdecken. Doch nicht nur, dass er damit Kira geweckt hätte..., das Aufstehen war ihm nicht möglich, da er sich nicht von dem Anblick neben sich losreißen konnte.

Kiras wunderschönes, völlig entspanntes Gesicht lag ganz nah bei ihm... Ihre Lippen waren leicht geöffnet, als würden sie seinen Kuss erwarten. War da vielleicht noch eine faszinierende Welt, die darauf wartete, entdeckt zu werden?

Ted spürte ein starkes Verlangen, sie zu küssen und überlegte eine Weile, was genau Kira mit artig sein wohl gemeint hatte...; dabei schlief er ein.

Irgendwann in der Nacht wachte Ted auf und merkte, dass Kira in seinen Armen lag, ihr Kopf auf seiner Brust. Er drückte sie leicht, doch Kira schlief fest.

Ted spürte ihr ruhiges, friedliches Atmen und wieder dieses wunderbare Gefühl von Zuhause. Er gab ihr einen sanften Kuss, vergrub dann seine Nase in ihren wilden braunen Haaren, die herrlich nach Kaffee dufteten und schlief wieder ein.

Als Ted am nächsten Morgen vom Klingeln des Weckers wach wurde, spürte er Kiras Hand in seiner. Ansonsten lagen sie beide brav getrennt, jeder auf seiner Seite des Bettes. Ted war sich nicht ganz sicher, ob das mit ihrem Kopf auf seiner Brust heute Nacht ein Traum oder Realität gewesen war.

Kira öffnete langsam die Augen. Ted drückte leicht ihre Hand. Sie schaute erstaunt, drückte kräftig zurück und strahlte ihn an, während sich ihre Hände trennten:

„Guten Morgen, Ted!"

Er antwortete mit leicht krächzender Stimme: „Guten Morgen, Kira..."

„Kaffee?"

„Unbedingt!"

„Bleib noch liegen, ich mach mich frisch und uns einen Kaffee."

Kurze Zeit später kam Kira geduscht und frisiert mit zwei dampfenden Tassen zum Bett.

Es waren die gleichen Tassen wie gestern Abend: Auf Kiras Tasse lag Snoopy auf seiner Hütte und auf Teds Tasse war Linus mit seiner Schmusedecke...

Einen Kaffee lang saßen sie, überwiegend schweigend, beide noch leicht benommen, aber glücklich lächelnd, nebeneinander auf der Bettkante.

„Danke, dass ich hier übernachten durfte..."

„Oh, es war mir eine Freude! Ich habe richtig gut geschlafen. Du hast heute Nacht in meinen Träumen stundenlang für mich Klavier gespielt. Das war sehr schön."

„Ich habe auch sehr gut geschlafen; habe aber eher von Kaffee als von Klavier geträumt. Kann es sein, dass deine Haare nach Kaffee riechen?"

„Ja, in der Tat", nickte Kira und beugte ihren Kopf zu Ted, damit er schnuppern konnte.

„Ich habe mein Shampoo ein bisschen mit Duftstoffen aufgepeppt, so habe ich immer Kaffee bei mir. Ich finde den Duft von Kaffee ja sogar noch besser als den Geschmack. Besonders wenn man eine neue Tüte aufmacht... Moment... Ich glaub, ich muss sowieso nachfüllen..."

Kira ging nach unten und kam kurz darauf mit einer leeren Tüte, in der sich eben noch Kaffeebohnen befunden hatten, zurück.

„Setz dich da in den Sessel und schließ die Augen."

Ted setzte sich in den gemütlichen Sessel neben dem Bett und schloss die Augen.

„Und was soll ich jetzt machen?"

„Halt die Tüte unter deine Nase, atme tief ein und aus und warte, was passiert."

Ted hielt die leere Kaffeetüte unter seine Nase und sog den frischen, intensiven Geruch von Kaffeebohnen tief in sich auf.

Die Bilder in seinem Kopf wurden schärfer, zugleich wärmer und weicher. Er sah sich wieder auf dem Rückweg von Julia; doch der Regen war jetzt nicht mehr kalt und schlug ihm nicht ins Gesicht. Es war ein lauer Sommerregen, der die Haut streichelte, der erfrischte, und er ging nach Hause und dachte dabei an die vielen schönen Wochen, die sie zusammen gelebt, geliebt und genossen hatten...

Ted öffnete die Augen. Kira sah ihn gespannt an.

„Und...?"

„Das war... Wirklich bemerkenswert!"

Ted hatte ein erfrischtes Gefühl auf der Haut, überall da, wo der Regen und die Erinnerung ihn eben berührt hatten.

„Ich hatte noch nie so ein scharfes Bild beim Träumen."

Kira strahlte. „Wunderbar! Dann probieren wir auch gleich noch die Königsdisziplin."

Kira reichte Ted seine Kaffeetasse.

„Erst einen Schluck trinken und dann schnuppern?"

„Nein... Erst lange schnuppern, dann einen Schluck in den Mund nehmen und da ganz in Ruhe hin und her bewegen."

„...und warten, was passiert."

„Genau."

„Ich bin sehr gespannt. Hast du dabei immer nur schöne Träume?"

„Träume, die nach Kaffee duften, sind immer gute Träume."

Anfangs spürte Ted ein deutliches Verlangen, seinen Traum Richtung vergangene Nacht zu lenken, doch stattdessen sah er sich in Hamburg auf der Konzertbühne stehen. Die Flying Dishes spielten los, die Lieder klangen besser als jemals zuvor, Teds Gitarrensolo gelang so gut wie noch nie..., doch bei einem Blick ins Publikum bemerkte er erschrocken, dass nur ein einziger Gast gekommen war... Nein, doch nicht erschrocken. Es war Kira! Er winkte ihr zu, sie winkte zurück und dann legte er seine Hand wieder auf das Klavier... Klavier? Hatte er nicht eben noch Gitarre gespielt? Wo waren die Bandkollegen? Nein..., da waren nur noch sie beide und Madagaskar-Ebenholz reimte sich auf einmal wunderbar... Kira brach in einen tosenden Applaus aus und Ted öffnete die Augen.

Kira sah tatsächlich begeistert aus.

„Wow. Du kannst es! Was hast du geträumt?"

„Das... Das ist wirklich wunderschön. Wie lange war ich weg?"

„Oh..., vielleicht eine Minute. Aber es sah sehr intensiv aus. Wovon hast du geträumt?"

„Ich weiß es nicht mehr so genau..."

„Vom Konzert heute Abend?"

„Ja. In der Tat..."

„Und... war es gut?"

„Oh... es war... das beste Konzert, das wir je gegeben haben."

Kira lächelte zufrieden.

„Wie klang die Musik?"

„Gut. Nein... viel besser als gut! Es war... Sie klang glasklar und doch warm... das war..."

„...traumhaft."

„Ja..., traumhaft. Hörst und siehst du auch klarer in deinen Träumen?"

„In meinen Kaffeeträumen? Ja. Es ist eine bessere Welt. Klarer und alles viel ruhiger, wärmer, entspannter... Ich hatte anfangs oft die Vorstellung, dass da ein Meer in mir ist, mit leichtem Wellengang, wenn ich den Kaffee hin und her bewegte und ich und meine Träume lagen auf einer Luftmatratze oder saßen in einem Boot und trieben über wunderbar warmes und wohlriechendes Wasser... Zu der Zeit hörte ich sehr oft *Ripples,* von Genesis – sehr passend, denn das bedeutet ja auch *Kleine Wellen.* Kennst du das Lied?"

„Ja."

„Soll ich es eben anstellen?"

„Nein, lass mal. Ich nehme fast an, dass *Ripples* jetzt bei meinem nächsten Traum ganz von alleine im Hintergrund läuft... Ein ideales Lied zum Träumen..."

„Oh ja! Das war es immer... Komm, wir träumen gemeinsam!"

Kira setzte sich neben den überraschten Ted in den Sessel, was angenehm eng war und dann schlossen sie beide die Augen, rochen an der Tüte und nahmen einen großen Schluck Kaffee...

Tatsächlich... *Ripples* lief sehr leise, aber in hervorragender Qualität im Hintergrund, so als würden Genesis ein Konzert am

Strand geben, während Ted, auf einer Luftmatratze liegend, mitten auf einem See mit glasklarem Wasser trieb. Er schaute Richtung Strand, aber statt Genesis sah er Kira, auch auf einer Luftmatratze liegend, langsam auf ihn zutreiben. Sie lächelte ihn an und streckte ihren Arm aus.

Eine Weile trieben sie Hand in Hand über das Wasser. Die Sonne schien angenehm warm und die Musik war sanft und verspielt, wie die kleinen Wellen auf dem See.

Kira war nach einer Weile eingeschlafen. Ted betrachtete ihr entspanntes Gesicht und ihre dunklen Haare, in denen die untergehende Sonne unendlich viele Abstufungen von Schwarz, Braun und Golden zauberte, die immer wieder ineinander verschwammen, um dann in neuer Anordnung zu schimmern.

Ted zog Kiras Luftmatratze ganz nah an seine und beugte sich zu ihr rüber. Er küsste ihre Haare, als wollte er sie trinken...

Ein nach innen sehr langer Augenblick.

Ted legte sich wieder auf seiner Luftmatratze zurecht, fasste Kiras Hand mit seinen beiden Händen..., doch gerade als er merkte, dass er auch gleich einschlafen würde, spürte er ein starkes Schaukeln der Luftmatratze. Bevor er die Augen öffnen konnte, wurden sie beide von einer riesigen Welle, sanft, warm, aber sehr entschieden, weggerissen...

Ted spürte einen Kuss auf seinen Lippen. Er öffnete die Augen und sah Kiras Gesicht ganz nah vor seinem, aus dem ihn große, dunkelbraune Augen erleichtert ansahen:

„Gott sei Dank! Da bist du wieder... Ich hatte schon ernsthaft Sorgen, du würdest für immer in der Traumwelt verloren gehen..."

Ted kam nur langsam wieder in der Realität an. Eben noch war er weit weg gewesen; ganz weit weg und für eine lange Zeit... Hatte er da nicht ein ganzes Leben verbracht? Ein ganzes Leben mit... Hatte Kira ihm da eben ernsthaft einen Kuss gegeben? Ja..., das war womöglich der einzige Weg gewesen, ihn zurückzuholen...

„Tut mir leid, dass ich dich so unsanft aus deinem Traum reißen musste..."

„Also, von unsanft kann wirklich keine Rede sein."

Kira lächelte.

„Dann ist ja gut. Ich wäre ja auch gerne noch dageblieben, aber hier wird's gleich voll und ich muss langsam mal loslegen..."

Auch Kira sah aus, als wäre ein Teil von ihr sehr weit weg.

„Ich mach dir noch einen Kaffee und dann muss ich öffnen. Unten ist genau so ein Sessel im Speisesaal; der ist meistens leer und wird wenig beachtet, da kannst du ein bisschen weiterträumen..."

„Das werde ich machen. Soll ich dich mitnehmen in meinen Traum?"

Kira strahlte: „Ja, bitte! Das wäre schön!"

Sie gingen nach unten und Kira zeigte Ted den Sessel, der in der Nähe des Klaviers stand. Sie war schon auf dem Weg zur Theke, kam dann aber noch einmal zurück und umarmte Ted lange und fest.

„Ich werde gleich nicht mehr viel Zeit für dich haben und mein Freund ist in zehn Minuten hier... Jedenfalls solltest du wissen, dass... Das war..." Sie suchte vergeblich nach Worten.

„Ich glaube, ich weiß, was du meinst. Es war... etwas ganz Besonderes. Wahrscheinlich kann man das nicht in Worte fassen... Es war mehr so... Musik?"

„Ja... in der Richtung... Vielleicht machst du irgendwann ein Lied aus dem, was wir gerade erlebt haben... Jedenfalls... Sei nicht traurig, wenn ich gleich keine Zeit mehr habe, mit dir zu plaudern und alten Bekannten mehr zulächle als dir..."

„Kein Problem. Ich liebe kleine Geheimnisse..."

„Prima."

Kira machte ihm noch einen Kaffee und öffnete das Café.

Ted träumte wunderbar vor sich hin und war erstaunt, wie voll es in der Kyffhäuser Hütte geworden war, als er die Augen wieder öffnete. Er musste eine längere Weile im Kaffee versunken gewesen sein.

Gut dreißig Menschen saßen an Tischen im Lokal oder draußen in der Sonne und frühstückten.

Auch Kiras Freund, Mirco, war inzwischen angekommen und half hinter dem Tresen mit.

Kira winkte Ted einmal kurz zu, ansonsten aber war er jetzt nur noch ein Gast unter vielen, außer wenn sie nahe bei ihm vorbeiging und das Strahlen ihrer Augen und der Duft ihrer Haare ihm neue Träume zuwarfen...

Kurz nach Mittag rief die Werkstatt an. Der VW-Bus sei wieder fahrtüchtig.

Mirco begann Ted den Weg zu erklären, aber Kira unterbrach ihn:

„Ich bring den jungen Mann zur Werkstatt. Ich muss sowieso noch in die Stadt zum Einkaufen, da kann ich ihn gleich mitnehmen. Der größte Andrang ist ja vorbei."

„Okay. Bis gleich."

Ted bezahlte, bekam die Schlüssel und ging zum Parkplatz vor der Werkstatt, wo der VW-Bus und Kira auf ihn warteten.

„Tja, dann..."

Sie sahen sich etwas verlegen an.

Ach, wenn der VW-Bus doch nicht anspringen würde!
Oder... - wenn sie einfach mitfahren würde...?

Ted umarmte Kira, drückte sie fest und lange, weil es ihm ein Bedürfnis war und auch, damit sie die Unsicherheit in seinen Augen nicht sah. Kira drückte mindestens genauso fest zurück.

„Ich wünsche dir alles Gute für euer Konzert heute Abend und für deine weitere Künstlerkarriere. Spiel mehr Klavier! Vielleicht denkst du dabei mal an mich..."

Ted ließ sie los und schaute sie an:

„Das werde ich ganz bestimmt! Nicht nur am Klavier. Bei jedem Kaffee werde ich an den Abend gestern, an deine Augen und Haare und an unser gemeinsames Träumen denken."

Kira errötete, presste die Lippen zusammen und schaute kurz zur Seite. Dann strahlte sie ihn an:

„Trink viel Kaffee in deinem Leben!"

„Unbedingt!"

„Moment!"

Kira ging zu ihrem Auto, öffnete den Kofferraum und holte eine Tasche hervor.

„Ich wusste nicht genau, ob du... Ich habe etwas für dich!"

Kira reichte Ted die Snoopy-Tasse, aus der sie gestern getrunken hatte und eine große Thermoskanne.

„Hier, etwas Kaffee für den Notfall, falls du doch wieder irgendwo stehen bleibst... Und meine Tasse, damit es noch einfacher ist, an mich zu denken..."

Ted strahlte sie an: „Vielen Dank! Das werde ich, ganz bestimmt, jedes Mal. Ich werde gleich heute Abend damit anfangen und um neunzehn Uhr einen Kaffee aus dieser Tasse trinken und an dich denken. Das wird mir gut tun vor dem Konzert."

Kira drückte seine Hände. „Ich werde Punkt neunzehn Uhr auch einen Kaffee trinken, aus deiner Linus-Tasse und *Homecoming Queen* hören und ab zwanzig Uhr drücke ich dir beide Daumen so fest es geht. Alles wird gut werden!"

Sie strahlten sich an. Dann ließ Kira seine Hände los. Von der Straße her grüßte jemand. Kira sah Ted schuldbewusst an.

„Ich kann hier nicht... Vielleicht kommst du ja noch mal vorbei... Ich werde dich nie vergessen!"

Sie umarmte ihn lange und fest, drehte sich dann schnell um und ging zu ihrem Auto.

Ein Windstoß wehte ihre langen, gelockten, dunkelbraunen Haare zur Seite... *Haare, braun wie Kaffee.* - Das war es! Es passte nicht in das angefangene Lied, auch nicht zu Julia, aber es war genau das, was er gesucht hatte. Er würde den Text komplett umschreiben müssen... Nein, eigentlich ein ganz neues Lied erfinden, für Klavier. Er würde sich selber neu erfinden müssen...

Kira öffnete die Autotür und sah sich noch einmal um. Ted winkte und sie lächelte.

Ted lief zu ihr und sie umarmten sich noch einmal kurz aber kräftig und sahen sich dann lange in die Augen.

„Hier!" Kira zog ihre Jacke aus. „Damit du nicht doch irgendwann mal bei so einem Regenspaziergang erfrierst... Pass auf dich auf!"

Sie gab ihm einen flüchtigen Kuss auf den Mund, stieg schnell ein, winkte noch einmal und fuhr davon...

Ted starrte ihr lange hinterher. Sein Gesicht war bei der Umarmung ganz mit ihren Haaren bedeckt gewesen und er hoffte sehr, dass der Duft nach Kaffee für immer in seiner Nase gespeichert bliebe...

Ihre Haare, braun wie Kaffee und ihre Augen, auch da hatte er erst an Kaffee gedacht, aber in Wirklichkeit...

Ted grinste. Dieses dunkle Braun... Das war Madagaskar-Ebenholz.

Zweiter Schluck

Der Kaffee um neunzehn Uhr schmeckte wunderbar und für wenige Augenblicke konnte Ted deutlich spüren, dass Kira ihn im Gedanken gerade kräftig drückte. So ruhig war er vor einem Konzert noch nie gewesen.

Die anderen Bandmitglieder waren deutlich weniger entspannt, was zu einer denkwürdigen Show führte, von der in Hamburg noch Jahre später geschwärmt wurde..., leider weniger wegen der musikalischen Qualität.

Ihrem Schlagzeuger flog am Anfang ein Drumstick weg, Bernd bekam einen Schluckauf, der an den ruhigen Stellen der Lieder sehr grotesk wirkte und Peter war so nervös, dass er beim Rückwärtsgehen zweimal über ein Kabel fiel und dabei zuerst den Bassisten mit umriss und beim zweiten Mal im Schlagzeug landete.

Das Publikum, welches nach den ersten Liedern noch ungläubig staunte, wie schlecht diese hochgelobte Band spielte und sich bereits fast zur Hälfte reduziert hatte, feierte ab jetzt ein Fest. Jeder offensichtliche Fehler eines Musikers – und davon gab es sehr viele – wurde bejubelt; immer wieder fielen Zuschauer lachend hin und rissen alles Mögliche dabei um (Nebenmänner, Boxen, Tische) oder taten sehr theatralisch so, als hätten sie einen Schluckauf, insbesondere nachdem Peter das dritte Mal hinfiel und dabei sein Mikro in das Publikum flog.

„Ein Zeichen! Er gab uns ein Zeichen! – Folget dem Mikro!"

„Nein. Folgt dem Drumstick!"

„Pfeift auf den Drumstick; folgt der Sandale!"

Offensichtlich gab es eine große Menge Fans von *Das Leben des Brian* im Publikum.

Ein wildes Umhergelaufe im Saal begann. Die meisten folgten dem Mikro, mit dem sie zwischendurch an einigen Stellen laut und falsch mitsangen oder ein lautes Hicksen vernehmen ließen.

Besonders schlimm war es bei dem größten Hit der Flying Dishes: *I'm Falling in Your Arms* – Die Zuschauer zelebrierten bei dieser Zeile jeweils ein Massenumfallen, so dass die Saalordner und Sanitäter ganz nervös wurden...

Im Zuschauerraum herrschte immer ausgelassenere Stimmung, während auf der Bühne die Stimmung weit unter den Nullpunkt fiel. Ted war eigentlich der Einzige der musikalisch eine brauchbare Leistung ablieferte – und nebenbei auch nicht umfiel – aber als sie nach knapp einer Stunde vorzeitig von der Bühne verschwanden, war er irgendwie, aus Sicht aller anderen, an allem Schuld.

Geschirr flog zwar keins bei den Flying Dishes, aber zwei Stühle gingen zu Bruch... und die Band halt auch.

Im Saal wurde immer noch gefeiert und nach einer Zugabe verlangt, aber keiner der fliegenden Geschirre hatte Lust, nochmal auf die Bühne zu gehen und sich zum Affen zu machen.

Die anderen Bandmitglieder flüchteten sich in Alkohol und Drogen; Ted machte sich einen Kaffee.

Etwas später ging Ted dann doch wieder in den Saal - weniger wegen der Zuschauer; er hatte gehofft, dass sie alle schon weg seien - er hielt es mit dem Rest der Band einfach nicht mehr aus. Peter wurde mit steigendem Alkoholpegel immer aggressiver und Bernd nach reichlich Kokain auf einmal übertrieben freundlich und zudringlich..., was noch unerträglicher war.

Außerdem ahnte Ted, dass es für lange Zeit die letzte Gelegenheit sein würde, an einem Flügel zu sitzen. Er hatte selber nicht mal ein Klavier zuhause.

Vor allem aber hoffte er, sich Kira wieder nahe zu fühlen. Er hatte sich ihre Jacke übergezogen, seine Tasse mit Kaffee mitgebracht, stellte sie auf den Flügel und spielte *Homecoming Queen*, nicht für die wenigen übrig gebliebenen, laut feiernden Menschen hier, mehr für eine leider sehr ferne Dunkelhaarige, deren Hände er beim Spielen auf seinen spürte...

Ted ließ den letzten Ton lange ausklingen..., genauer gesagt, hätte ihn lange ausklingen lassen, wenn da nicht ein Applaus gewesen wäre, wie noch nie an diesem Abend. Ernstgemeinter Beifall.

Fast fünfzig Menschen standen vor der Bühne, forderten eine Zugabe und meinten es wirklich so.

Ted spielte noch ein paar Lieder der ersten Platte auf Klavier und dann fiel ihm sein neues Lied ein. Es hatte auf der Fahrt nach Hamburg schon einen neuen, jetzt englischen Text bekommen. Auch der Titel war klar: *Brown As Coffee*. Es fehlte allerdings immer noch die letzte Strophe.

Ted nahm einen Schluck Kaffee, hörte Kiras Stimme „ganz intuitiv..., das Lied will nicht geschrieben, es will entdeckt werden...", lächelte und spielte los, ohne zu wissen, wie das Lied enden mochte...

Als er die letzte Strophe sang, fühlte sie sich für Ted so vertraut an, als habe sie schon lange in ihm geschlummert... Die Schlusszeile so offensichtlich passend, als wäre sie schon immer alternativlos gewesen:

„You are my favourite kind of coffee."

Die Flying Dishes machten weiter - ohne Ted - aber mit seinem letzten Geld. Sie waren sogar für ein paar Jahre recht erfolgreich. Wobei der Versuch, mit Musik zu überzeugen, völlig misslang. Niemand wollte ernsthafte Kunst sehen. Das Publikum forderte „Umfallen! Umfallen!" und irgendwann taten sie ihnen entnervt den Gefallen und entwickelten in den nächsten Wochen eine recht gekonnte Slapstick-Bühnenshow, die sich sehr an alten Dick und Doof-Filmen orientierte... Auch fliegendes Geschirr und ein durch das Publikum wanderndes Mikrofon gehörten wenig später dazu.

Ted hingegen war, nachdem er seine Schulden bei Peter bezahlt hatte, pleite. Er zog tatsächlich zu seinen Eltern.

Sein altes Zimmer war inzwischen das Nagelstudio seiner Mutter und seine alten Möbel waren verkauft worden... Etwas irritierend, aber nicht wirklich schlimm. Richtig schmerzte, dass sie auch seine zwei Gitarren verkauft hatten.

Sein Versuch, die Eltern zu überreden, als Ersatz ein Klavier anzuschaffen, schlug fehl – Sie kauften nicht mal eine neue Gitarre.

„Das mit der Musik hat sich doch wohl jetzt endlich erledigt!", sagte sein Vater mit triumphierendem Lächeln und kalten Augen.

Auch mit dem Wunsch nach einem besseren Kaffee, als dem milden Pulverkaffee vom Lidl, fand Ted kein Gehör.

In den ersten Wochen stritten sie sich sehr häufig und sehr laut; nach ein paar Monaten wurden sie deutlich leiser. Ted hielt das für ein gutes Zeichen, bis der im Stillen angestaute Ärger an einem Samstagabend bei der Sportschau ohne Vorwarnung explodierte.

Dabei war Teds abfällige Bemerkung über Bayern München bei weitem nicht das Schlimmste gewesen, was er die letzten Wochen von sich gegeben hatte, aber offensichtlich ein gut geeigneter Funke für das Pulverfass im Inneren seines Vaters.

Es gab eine sehr laute Szene, von der die Nachbarn noch Jahre später erzählten.

Ted hatte Ohrfeigen schon als Kind gehasst; diesmal schlug er zurück. ...Was aber ein noch schlechteres Gefühl war.

Auch das von Zuhause abhauen war jetzt, mit vierundzwanzig Jahren, lange nicht mehr so cool wie damals mit sechzehn.

Ein Dach über dem Kopf, eine Heizung und ausreichend zu Essen..., wie wenig hatte er das früher zu würdigen gewusst. Ted stand frierend und mit knurrendem Magen unter einer Brücke und wartete, dass der Regenschauer vorbeizog.

Im Rucksack hatte Ted viel, was ihm wichtig war: Notenblätter, Bücher, Kiras Tasse und Thermoskanne (ihre Jacke hatte er an), aber kaum etwas wirklich Nützliches für seine Situation, insbesondere kaum warme Kleidung. Irgendwie hatte er mit 16 deutlich lebenspraktischer gepackt...

Und damals hatte er auch mehr Geld besessen. Nach fünf Nächten in billigen Absteigen und diversen vergeblichen Versuchen, einen Job zu finden, war das Geld nun schon fast aufgebraucht. Sollte er vielleicht doch über seinen Schatten springen, sich entschuldigen und wieder zuhause einziehen?

Bei Zuhause fielen Ted allerdings nicht seine Eltern ein, sondern Kira...

Er trampte bis nach Ostfriesland, schlief dabei eine Nacht in einem LKW und stand dann spät abends vor der *Kyffhäuser Hütte* und klopfte. Auch sein Herz klopfte sehr laut.

Leider öffnete nicht Kira, sondern ein junger Mann.

„Tut mir leid, wir haben geschlossen!"

„Entschuldigen Sie die Störung! Ist Kira zufällig da?"

„Kira? Ich kenne keine Kira."

„Ihren Eltern gehört doch die Gaststätte hier."

„Der Besitzer hat vor vier Wochen gewechselt und neues Personal wurde eingestellt. Eine Kira arbeitet nicht bei uns."

„Oh... Schade. Könnte ich aber vielleicht trotzdem bei Ihnen übernachten? Ich bin bis hierher getrampt und brauche dringend ein Dach über dem Kopf."

Der Mann musterte ihn etwas länger und Ted wurde unangenehm bewusst, dass er wahrscheinlich nicht besonders sauber aussah.

„Nein, tut mir leid. Alles belegt."

Ted verabschiedete sich, ging ein paar Häuser weiter, wartete, bis in der Kyffhäuser Hütte alle Lichter aus waren, ging dann zum Schlüsselkasten. Der Code war immer noch 4711.

Ted schlich sich ins Haus, ging zu „ihrem" Zimmer, legte sich in Kiras Bett und schlief schnell ein. Er träumte so intensiv und detailliert von ihrer Nacht, dass es sehr schmerzte, als er am nächsten Morgen die Wirklichkeit erkannte. Noch mehr schmerzte ihn sein Fußgelenk, nach dem Sprung aus dem Fenster in der ersten Etage, als er überstürzt aus dem Zimmer fliehen musste, weil der Frühdienst zum Putzen kam...

Ted machte sich, soweit es seine bescheidenen Möglichkeiten zuließen, einigermaßen schick, ging am Nachmittag noch einmal in die *Kyffhäuser Hütte* und sprach mit dem neuen Besitzer.

Dieser hatte allerdings nur gehört, dass die Vorbesitzer in den Süden und die Tochter mit ihrem Freund ins Ausland gezogen waren. Genaueres wusste er nicht.

Immerhin willigte er ein, dass Ted den Abend über Klavier spielen und dafür eine Mahlzeit bekommen würde und übernachten dürfte.

Das Spielen auf dem Klavier war wunderbar für Ted. Die Gäste waren weniger begeistert. Sie fragten immer wieder nach, ob er auch ein paar deutsche Schlager spielen könne. Schließlich bekamen sie sich über die Musik dermaßen in die Haare, dass der Besitzer Ted die Übernachtung verweigerte und ihm stattdessen einen Fünfziger in die Hand drückte und des Lokales verwies.

Ted tingelte über ein Jahr lang quer durch Deutschland, oft Klavier spielend und in der jeweiligen Lokalität übernachtend, genauso oft aber ohne Engagement und in der Bahnhofsmission oder im Park schlafend.

An einem sonnigen Abend im Februar spazierte Ted in Köln am Rheinufer entlang und kam am *Café Rheinblick* vorbei. Er hatte heute schon mehrere Absagen hinter sich und überlegte, ob er sich vielleicht trotzdem noch einen Kaffee leisten konnte, bevor er nach einer Übernachtungsmöglichkeit suchte.

Im *Café Rheinblick* gab es auch Live-Musik und die Möglichkeit zu übernachten, aber in so einem gehobenen Etablissement lohnte es sich erfahrungsgemäß überhaupt nicht nachzufragen. Einige waren höflich, die meisten aber ließen ihn sehr deutlich spüren, dass er nicht in ihre Welt gehörte, dass man ihm seine Armut ansah...

Ted sah auf die Karte im Schaukasten auf der Terrasse des Cafés. Der Kaffee war ein guter, aber für ihn unbezahlbar. Er wollte gerade gehen, als von drinnen der berühmte Ruf ertönte:

„Ist hier irgendwo ein Arzt?!"

Ted grinste. Tja, hätte er mal auf seinen Vater gehört, die Schule abgeschlossen und Medizin studiert, statt eine Band zu gründen... Ted hatte lediglich einen Erste-Hilfe-Kurs gemacht, den allerdings gleich dreimal, weil er die Ärztin so nett fand.

Er hatte schon mehrmals Erste Hilfe geleistet und ahnte, wie es drinnen aussehen würde: Einer lag regungslos auf dem Boden und die anderen standen regungslos drumherum, sehnlichst hoffend, dass irgendjemand sich endlich berufen fühlte...

Ted ging ins Café. Es war diesmal doch ein bisschen anders:

Viele Menschen standen regungslos um den Flügel herum. Ein junger Mann war auf dem Klavierhocker sitzend ohnmächtig zusammengebrochen; der Kopf lag auf den Tasten des wunderschönen nussbraunen Steinway-Flügels.

„Lassen Sie mich durch!"

Ted wies einen kräftig aussehenden Anzugträger an, ihm zu helfen und zusammen legten sie den Bewusstlosen auf den Boden und seine Beine hoch auf den Klavierhocker. Nach wenigen Sekunden kam wieder Leben in den Mann zurück...

Ted fühlte den Puls - sehr unregelmäßig und flach. Das Gesicht war grau und die Stirn mit Schweiß bedeckt.

Ted sprach beruhigend auf den Mann ein und erteilte Befehle an die Umstehenden: „Holen Sie einen Schluck Wasser!" „Besorgen Sie eine Decke!" „Und Sie irgendwas, was wir ihm unter den Kopf legen können."

Ted war sehr froh, als endlich die Rettungssanitäter und ein wirklicher Arzt ankamen und die Versorgung übernahmen.

Er stand auf und sah sich um. Saubere Menschen, teure Kleidung, der Geruch von Geld in der Luft; jetzt, wo es nichts mehr zu tun gab, fühlte er sich sofort wieder fremd und unterlegen und doch war da dieser kleine Triumph:

Für ein paar Minuten war er ihr Boss gewesen, hatte diesen sonst überlegenen Menschen Anweisungen gegeben, ohne dass jemand die Nase gerümpft oder etwas in Frage gestellt hätte.

Ted schaute sich noch einmal um, jetzt mit mehr Selbstbewusstsein, und bemerkte anerkennende Blicke; zwei Frauen tuschelten. Er hatte eine Vorstellung, was sie sprechen mochten:

„Ziemlich cool und lässig für einen Arzt und genau dein Alter, Fiona! Den solltest du dir schnappen! Am besten täuschst du eine Ohnmacht vor..."

Ein wichtig aussehender Mann kam direkt auf Ted zu, dem Namensschild nach der Geschäftsführer.

„Vielen Dank, Herr Doktor! Das war gute Arbeit. Eigentlich habe ich sowas ja auch im Erste-Hilfe-Kurs gelernt, aber im Ernstfall steht man erst mal unter Schock und hat alles vergessen. Aber für Sie ist das ja Alltagsgeschäft..."

„Ich bin kein Doktor."

„Sie haben noch nicht promoviert? Naja. Sie sind ja auch noch sehr jung. Da muss man glaube ich auch erst mal ein paar Jahre praktisch gearbeitet haben, oder?"

„Nein. Ich bin nicht..."

„Ach, ich dachte, das sei zwingend. Ich finde es einfach besser. Arbeiten Sie hier im Krankenhaus?"

„Nein. Ich bin ja gar nicht..."

„Sehr vernünftig von Ihnen! Als niedergelassener Arzt verdient man ja auch viel mehr. Darf ich Ihnen einen Drink spendieren? Ach was! Setzen Sie sich an die Bar und trinken Sie so viel Sie wollen. Ihr Deckel geht auf mich."

„Ich... Oh... Danke. Gerne!"

„Leider kann ich Ihnen heute keine Live-Musik bieten. Einen Ersatzklavierspieler werde ich wohl nicht so schnell finden wie einen Arzt."

Ted hatte für einen Moment die Vorstellung, der Geschäftsführer würde wieder zur Tür rennen und auf die Terrasse rufen:

„Ist hier irgendwo ein Pianist?"

Doch der Mann blieb bei Ted stehen und erzählte weiter:

„Ich selber höre zwar sehr gerne Musik, spiele aber kein einziges Instrument."

„Ich kann Klavier spielen. Dürfte ich?"

Der Geschäftsführer starrte ihn verblüfft an.

„Natürlich dürfen Sie, Herr Doktor, ach ne, nicht Doktor, jedenfalls: Das kann ich nicht von Ihnen verlangen!"

„Es wäre mir ein Vergnügen. Ich habe keinen Steinway zuhause (*unter der Brücke* – fügte er im Gedanken hinzu...) und nutze deswegen gerne jede Gelegenheit."

„Ja, natürlich. Sehr gerne! Ich werde sie bestimmt nicht abhalten. Sie schickt ja wirklich der Himmel! Ich kann Ihnen aber nicht sehr viel bezahlen, wissen Sie... Ich habe da ein festes Budget und... An wieviel haben Sie so ungefähr gedacht für... jetzt sind es ja noch drei Stunden, wenn Sie solange möchten."

„Wieviel?" Teds Gedanken rasten; er war sich nicht sicher, ob das alles gut gehen würde, ob er nicht gleich doch auffliegen würde...

„Selbstverständlich spielen Sie hier nicht umsonst!"

„Nun..., ich denke..., was Sie dem anderen Künstler hier auch bezahlen."

„Aber... das ist ein Student! Ich kann Sie, als Arzt, ja schlecht..."

„Ach wissen Sie, am Instrument sind wir doch irgendwie alle gleich... Ich will nicht mehr als Ihr Student."

„Sicher?"

„Sicher."

„Okay. Dann also fünfzig Euro die Stunde, aber ein Essen und die Getränke haben Sie dann auch noch frei."

„Das ist... völlig okay."

Ted trank mehrere Tassen Kaffee, aß einen Thunfischsalat und spielte Klavier, bis der letzte Gast gegangen war.

Der Geschäftsführer war auch bis zum Schluss geblieben, gab Ted sein Geld und bedankte sich noch einmal.

„Wenn Sie nicht schon Arzt wären, hätte ich Ihnen ja empfohlen, Klavierspielen zu ihrem Beruf zu machen. Mir hat es sehr gut gefallen. Vielen Dank noch mal, dass Sie den Abend gerettet haben!"

„Es war mir ein Vergnügen! Wenn Sie noch keinen Ersatz gefunden haben... Ich käme morgen gerne wieder."

„Sie wollen wirklich... noch öfter? Für nur 50 Euro?"

„Der Flügel klingt wunderschön und der Thunfischsalat ist der beste, den ich je gegessen habe. Vielleicht könnte ich ja..., also..."

Ted gelang es nicht ansatzweise, so souverän zu wirken, wie er es sich für seine Rolle als Arzt gewünscht hätte.

„Wissen Sie, ich habe momentan ein lausiges Hotel und vielleicht könnte ich ja für die nächste Woche hier bei Ihnen übernachten und spiele dafür abends Klavier?"

Ted dachte einen Moment, er hätte es übertrieben, aber der Geschäftsführer strahlte ihn an.

„Na, selbstverständlich ist das möglich. Ausgebucht sind wir frühestens wieder Ostern. Sie können gerne bleiben, solange sie wollen..., natürlich Vollpension, und die abendlichen Getränke und einen Thunfischsalat bekommen sie noch dazu! Abgemacht?"

„Abgemacht."

„Wollen Sie gleich heute hier übernachten? Wie gesagt, wir haben ein paar leere Zimmer. Ihr Gepäck können Sie ja morgen nachholen."

Ted nickte stumm. Hätte er den Mund aufgemacht, hätte er den Jubelschrei nicht länger unterdrücken können.

„Wunderbar! Nehmen Sie noch ein Getränk, während ich ihr Zimmer fertigmachen lasse! Wir haben einen wirklich auserlesenen Whisky, Glendronach, fünfundzwanzig Jahre alt, der..."

„Danke. Am liebsten hätte ich noch einen Kaffee; der ist wirklich lecker, auch wenn er wahrscheinlich nicht ganz so alt ist..."

„Sehr gerne... Judith! Würden Sie unserem neuen Pianisten bitte noch einen Kaffee machen?"

Der Geschäftsführer verabschiedete sich und die Bedienung stellte Ted eine Tasse Kaffee auf den Tresen.

„Der ist wirklich nicht alt", sagte sie lachend „Ich habe gerade eine frische Packung Kaffeebohnen nachgefüllt."

Sie wollte die Tüte in den Müll schmeißen.

„Darf ich kurz sehen?", fragte Ted. „Der Kaffee schmeckt wirklich sehr lecker; ich muss mir mal aufschreiben, wie er heißt."

Sie reichte ihm die Packung und Ted steckte diese, als Judith gerade nicht hinsah, in seinen Rucksack.

Wenig später saß Ted mit geschlossenen Augen im jetzt menschenleeren Café, wärmte die Hände an der Tasse, roch am Kaffee, erinnerte seine Nase in Kiras Haaren, nahm einen großen Schluck und ließ ihn langsam im Mund hin und her gehen.

So klar und wohlriechend waren seine Träume schon lange nicht mehr gewesen.

Ted und Kira saßen in einem Boot auf ihrem See und sahen sich tief in die Augen. Ted hatte *Ripples* als Hintergrundmusik erwartet, stattdessen lief *Chasing Cars* von Snow Patrol, was in diesem Moment sogar noch besser passte:

All that I am, all that I ever was, is here in your perfect eyes, they're all I can see...

Ob Gary Lightbody, als er diese Zeilen über die Augen seiner Freundin schrieb, womöglich auch an Madagaskar-Ebenholz gedacht hatte?

Das Boot schaukelte sanft, während es immer weiter auf den See hinaustrieb. Ted legte seinen Kopf in Kiras Schoß und sah in den sternenklaren Nachthimmel. Zwischen vielen bunt leuchtenden Sternen, sah er einen hübschen blauen Planeten.

„Schau mal!"

Kira hob den Kopf.

„Oh, die Erde. So nah heute. Sieht wirklich wunderschön aus von hier..."

„Weißt du noch? Da haben wir uns das erste Mal getroffen."

„Ja..., das war eine wunderbare Nacht. Die werde ich bestimmt nie vergessen."

„Eigentlich schade, dass wir damals nicht zusammen gekommen sind..."

Kira nickte.

„Ja..., wirklich schade. Aber zum Glück haben wir uns ja hier."

„Ja, zum Glück."

Ted schloss die Augen, spürte wie Kira sanft seine Haare streichelte und schlief mit dem Kopf auf den Händen, die leere Kaffeebohnentüte neben sich auf dem Tisch, mit einem glücklichen Lächeln auf dem Gesicht, ein...

Dritter Schluck

Ted saß am Flügel, spielte unkonzentriert vor sich hin und grübelte, wie es weitergehen sollte. Der Geschäftsführer hätte ihn eigentlich gerne weiter beschäftigt, aber der Student hatte einen Vertrag, wollte ab morgen wieder spielen und so musste sich Ted einen neuen Job und eine Unterkunft suchen.

Die fünf Wochen im *Café Rheinblick* waren wunderbar gewesen. Ein Zimmer mit Ausblick auf den Dom, der Klang des Flügels, mit leckerem Kaffee an den Rhein setzen... Stattdessen jetzt wieder unter der Brücke schlafen und auf alten verstimmten Kaschemmenklavieren spielen?

Am meisten würde er den Kaffee vermissen. Ted hatte sich heute Mittag noch eine große Thermoskanne gekauft und wollte die morgen, bevor er ging, vollfüllen lassen.

Das Lied war zu Ende. Seine letzte Pause hier. Noch einmal etwas essen, noch einmal etwas richtig Gutes und Leckeres essen? Ted hatte weder Hunger noch Appetit. Stattdessen holte er sich noch einen Kaffee in seiner Snoopy-Tasse und setzte sich an die Theke. Bei jedem Schluck spürte er, wie es ruhiger in ihm wurde.

Ted grinste – Kira würde sagen: „Irgendwas wird sich schon ergeben. Das Leben will nicht geplant, es will entdeckt werden! Genieß die letzte Stunde hier!"

Ted zog ihre Jacke über, nahm seine Tasse, setzte sich an den Flügel und spielte mit geschlossenen Augen *Homecoming Queen*.

Er spürte Kira das ganze Lied lang wunderbar intensiv neben sich, doch als er nach dem letzten Ton die Augen öffnete und zur Seite schaute, stand da statt einer attraktiven, jungen Dunkelhaarigen ein grauhaariger, alter Mann mit einem wilden Vollbart und strahlte ihn an.

„Sie sind Ted Schäffler, der früher bei *The Flying Dishes* gespielt hat!"

„Ja...?"

Ist jetzt doch noch aufgeflogen, dass ich kein Arzt bin?

Zum Glück stand der Geschäftsführer gerade nicht in der Nähe.

„Was bin ich froh, dass ich sie endlich gefunden habe!"

Der Mann strahlte noch mehr und zog einen Stuhl neben den Flügel.

„Sie haben damals bei Ihrem letzten Konzert ein Lied gespielt. Im Refrain war irgendwas mit Kaffee...?"

„You are my favourite kind of coffee?"

Ted sang den Refrain.

Der Mann nickte eifrig: „Könnten Sie es bitte ganz spielen?"

„Ja. Klar."

Diesmal blieben Teds Augen auf, dafür hatte der Mann die Augen geschlossen und schien zu träumen...

Erst eine Minute nachdem der letzte Ton verklungen war – Ted hatte sich gerade damit abgefunden, dass der Mann wohl eingeschlafen sein mochte – öffnete er die Augen wieder:

„Ich habe dieses Lied so lange überall gesucht. Haben Sie es nie veröffentlicht, Herr Schäffler?"

„Ich... Ich habe momentan keinen Plattenvertrag... Also, eigentlich seit damals schon..."

„Haben Sie Lust, eine Platte bei mir zu machen? Mit diesem Lied?"

Ted sah ihn sprachlos an.

„Entschuldigen Sie! Ich habe mich noch gar nicht vorgestellt." Er stand noch mal auf. Ted auch und sie schüttelten sich die Hände.

„Harry Record, Plattenboss beim Label *Everything but the Stars*. Unser Motto ‚*Music. Not Hits*' ist leider Programm. Ich kann Ihnen also keine großen Reichtümer versprechen, dafür einen Boss, der Wert auf wirklich gute Musik legt... Interesse?"

Ted nickte.

„Wunderbar! Ich könnte zur Feier des Tages jetzt einen Whisky gebrauchen. Möchten Sie auch einen Glendronach? Der ist wirklich wunderbar rauchig."

„Ich nehme lieber einen Kaffee."

„Sie sind aber schon Künstler?"

„Nein, eigentlich bin ich nur ein ganz normaler, leidlich begabter Mensch, der aus Versehen von einer außergewöhnlichen Muse geküsst worden ist..."

„Das ist noch besser!"

Ted verabschiedete sich beim Geschäftsführer des *Rheinblicks*, packte seine wenigen Sachen und fuhr mit Harry nach Rösrath, wo dieser Ted sein Tonstudio und seinen wunderschönen alten Blüthner-Flügel mit Kerzenhaltern und zahlreichen Verzierungen zeigte.

Ted spielte ein paar Lieder, Harry auch zwei und dann tranken sie Wein und Whisky (Harry) und Kaffee. Nach kurzen

Verhandlungen, langen Gesprächen über Musik und Kunst im Allgemeinen und viel Gelächter, waren sie sich einig:

- Ted hatte einen Künstlernamen: Ted Coffee.

- Er hatte einen Vertrag über drei Platten, möglichst in den nächsten sechs Jahren. Eine Tournee nach der ersten Platte war vorgesehen und bei Erfolg natürlich noch häufiger.

- Ted bekam einen Vorschuss, von dem er erst mal ein paar Monate sorgenfrei leben und sich auf die Musik konzentrieren konnte.

- Und er hatte einen Mietvertrag zu sehr günstigen Konditionen für das Haus neben dem Tonstudio. Dieses war zwar alt und renovierungsbedürftig, hatte aber alles, was Ted wichtig war: Eine große überdachte Holzterrasse, einen Kamin und ein Klavier auf dem geräumigen und sehr hellen Dachboden, der durch die vielen großen Dachfenster auch als Atelier geeignet war. Außerdem durfte er den Garten hinter dem Haus nach seinen Vorstellungen gestalten.

Vom ersten Geld holte Ted sich ein paar Gartenwerkzeuge und eine richtig gute, hochwertige Kaffeemaschine.

Sein Tagesablauf war für einen Künstler außergewöhnlich strukturiert:

Nach ausgiebigem Ausschlafen startete Ted jeden Tag mit einer Tasse Kaffee, mit der er durch den Garten spazierte und betrachtete, was er gestern gestaltet hatte und was wieder Neues gewachsen war.

Er genoss die Sonne, den Regen oder den Wind; es gab eigentlich kein Wetter, das er nicht mochte. Je nach Witterung setzte er sich auf die Hollywoodschaukel auf der überdachten Veranda, auf eine der Bänke im Garten oder auf einen Baumstamm.

Egal wo er sich niedergelassen hatte..., wenn er die Augen schloss, den Kaffee roch und schmeckte, saß er sofort wieder in der *Kyffhäuser Hütte* und spürte Kira neben sich, fühlte, wie Wärme, Glück und Musik in ihn strömten, ihre Hände auf seinen, seine Nase in ihren Haaren, die nach Musik rochen... und irgendwann war es dann so weit: Musik war in all seinen Sinneswahrnehmungen, wenn er einen Schluck von ihr trank... Er sah, spürte, roch, schmeckte und hörte Musik in sich.

Dann nahm er seine Tasse und die vorbereitete Thermoskanne Kaffee mit zum Flügel und versuchte den Kuss der Muse in Noten festzuhalten...

Innerhalb von vier Wochen hatte Ted genügend Songs für die erste Platte zusammen.

Harry und Ted hatten viel Spaß beim Einspielen der Lieder und das Album war so erfolgreich, dass Harry die Tournee Nach Teds Wünschen organisieren konnte:

Kleine Säle mit gemütlichen Sitzgelegenheiten und schummriger Beleuchtung. Tische und andere Abstellmöglichkeiten für eine Tasse Kaffee, die man sich in den Pausen zwischen den Liedern holen konnte.

Ted spielte ein paar alte Lieder mit der Gitarre und sehr viel neue Songs auf dem Flügel.

Es gab sehr wohlwollende Kritiken und die vierundzwanzig Konzerte waren alle ausverkauft.

Er wurde weder sehr reich noch richtig berühmt, doch er hatte genügend Geld, um diese glücklichste Zeit seines bisherigen Lebens zu verlängern...

Er komponierte weiterhin in beeindruckendem Tempo ein Lied nach dem anderen, trank Unmengen an Kaffee und spürte seine Muse dabei jedes Mal unverändert nah, als hätten sie sich erst vor kurzem getroffen...

Auf diese Weise stellte er sieben Alben in sechs Jahren fertig.

Kein Zweifel, er war glücklich, glücklicher, als er es sich je zu träumen gewagt hatte und doch blieb ein kleiner Wermutstropfen:

Er hätte seiner Muse so gerne gesagt, was sie bewirkt hatte, hätte ihr so gerne gedankt; hätte so gerne mal wieder wirklich seine Nase in ihren Haaren vergraben...

Nach jedem Album machte er eine Tournee, immer in der Hoffnung, dass sie vielleicht mal bei einem Konzert auftauchen würde.

Manchmal bereute er, dass er sich von Harry zum Künstlernamen Ted Coffee hatte überreden lassen; vielleicht hatte Kira schon mal nach ihm gesucht, aber natürlich nach Ted Schäffler...

Er versuchte ihr Zeichen zu geben. Auf jeder Platte war die Coverversion eines Hits, der zu ihnen beiden passte, wie *Wish You Were Here, Ripples, Chasing Cars* oder *On Every Street*. („It's your face I'm looking for on every street...")

Textanspielungen auf sie beide, in der stillen Hoffnung, dass Kira ihn irgendwann durch Zufall finden und die Anspielungen verstehen würde...

Besonders deutlich wurde er beim fünften Album:

Dieses hieß *Street Café* und zeigte auf dem Cover ein Foto von der *Kyffhäuser Hütte*, die inzwischen allerdings *Café Nirgendwo* hieß.

Ebenfalls vorne auf dem Cover die Liedzeile aus dem Hit von Icehouse:

No matter where the road may take you
We'll meet again ...Someday at the street cafe

Wenn er diese Lieder bei den Konzerten sang, spürte er Kira oft so nah, als säße sie im Publikum oder könnte ihn hören, wo auch immer sie gerade war.

Auch zuhause, mit einem Kaffee in der Hollywoodschaukel oder bei morgendlichen Spaziergängen durch den Garten – manchmal die Gewissheit, dass sie gerade an ihn dachte und das Gefühl, sie sei neben ihm.

Dann wieder erschien ihm der Gedanke vermessen. Wieso sollte sie sich, nach inzwischen fast zehn Jahren, noch an ihn erinnern? Gut, sie hatte versprochen, ihn nicht zu vergessen..., aber selbst wenn sie wirklich ab und zu mal an ihn dachte..., wieso sollte er ihr etwas bedeuten? Er würde ihr Leben wohl kaum so verändert haben wie sie seins.

Vielleicht war er wenigstens eine angenehme Erinnerung unter vielen? Ab und zu ein Lächeln, ein angenehmes Aufleuchten einer Erinnerung, wenn sie einen Kaffee trank oder Klavier spielte?

Ted trank den letzten Schluck Kaffee für heute, putzte die Zähne und legte sich ins Bett.

Er nahm das kleine Kistchen aus Madagaskar-Ebenholz, das er sich vorige Woche hatte fertigen lassen, vom Nachttisch, klappte den Deckel auf, roch an den Kaffeebohnen, schloss den Deckel und sah lange auf die dunkelbraune Maserung des Holzes..., bis er nur noch ihre Augen sah. Den Geruch ihrer Haare noch frisch in der Nase legte er sich hin, kuschelte sich an sie und flüsterte ihr ins Ohr:

„Du machst mich sehr, sehr glücklich. Ich würde dir so gerne etwas zurück geben..."

Das Bett schaukelte leicht, als wäre es ein auf dem Wasser treibendes Boot... Kira legte die Ruder beiseite und sah ihn lächelnd an:

„Das tust du doch, mein Lieber. Glaubst du, ich wäre immer so präsent in deinen Träumen, wenn es nicht so wäre?"

Beruhigt schlief Ted ein.

Vierter Schluck

Ted war schon am frühen Nachmittag in Oldenburg, wo er heute Abend ein Konzert geben würde. Die Sonne schien und er genoss einen Spaziergang durch die schöne Innenstadt.

Wie üblich schaute er bei *Saturn* rein, um zu sehen, wie viele seiner CDs sie vorrätig hatten, was sie kosteten und neben welchen anderen CDs sie standen. Am häufigsten war Ted Coffee neben Eric Clapton zu finden, womit er bestens zurecht kam. Neben Helene Fischer oder David Hasselhoff oder gar Modern Talking fühlte er sich überhaupt nicht wohl. Er hatte schon öfter seine CDs umgeräumt oder zur Not weggekauft. .

Bei *Thalia* fand er keine CD von sich, dafür sah er ein neues Buch von Kimberly Rachel Adams, einer australischen Schriftstellerin, von der Harry schon oft geschwärmt hatte. Endlich hatte er ein passendes Geschenk für seinen Boss zu dessen fünfundsechzigsten Geburtstag in der nächsten Woche!

An der Kasse war es sehr voll, außerdem kaufte Ted nur ungern in großen Buchhandelsketten. Wenn er übermorgen wieder zuhause sein würde, wollte er es in der kleinen privaten Buchhandlung in Rösrath kaufen.

Ted ging wieder durch die Sonne, aß zum Abkühlen ein leckeres Bananensplit in einem Eis-Café gegenüber vom Kaufhof.

Auf dem Rückweg zum Hotel sah er einen anderen, sehr gemütlich aussehenden Buchladen - *Bültmann & Gerriets* - vor dem sich eine lange Schlange gebildet hatte...

Neugierig ging Ted näher und sah ein Plakat im Schaufenster: Kimberly Rachel Adams war in der Stadt und signierte ihr neues Buch! Mit Autogramm war das Geschenk natürlich noch viel besser! Ted stellte sich an.

Als er wenige Minuten später im Laden angekommen war, wäre er beinah in Ohnmacht gefallen...

Sie hatte nicht mehr ganz so dunkle Haare wie früher, auch nicht mehr so lang, aber da saß eindeutig keine australische Schriftstellerin, sondern eine geborene Ostfriesin, deren Augen immer noch die Farbe von Madagaskar-Ebenholz hatten...

Neben ihr saßen zwei kleine Kinder und Mirco, vielleicht; Ted war sich nicht sicher; an ihn hatte er deutlich weniger gedacht die letzten Jahre...

Es dauerte noch fünf Minuten, bis Ted an der Reihe war; also eigentlich genügend Zeit, sich etwas Geistreiches und Schönes einfallen zu lassen, doch als er endlich vor Kira stand, brachte er kein Wort heraus, legte nur das Buch vor sie hin und starrte sie ungläubig und sprachlos an...

Sie sah zu ihm auf, für einen Sekundenbruchteil strahlte sie ihn an, dachte er, er war sich nicht sicher, nein, wohl doch nicht, denn nun beugte sie sich schon über das Buch.

„Was soll ich schreiben?"

„Für Ted... ... Für Ted Schäffler... Bitte!"

„Gerne."

Sie schrieb.

Sie schrieb nur einfach, ohne noch einmal aufzuschauen.

Er hatte seinen Namen gesagt, sie hatte seine Stimme gehört..., aber da war kein Erkennen... und schon gar kein langes und freudiges Strahlen, auf das er so sehr gehofft hatte...

Nein. Sie schrieb nur und beachtete ihn nicht weiter.

Teds Aufregung war völlig verflogen und einer großen inneren Leere gewichen.

Nie wieder würde er diesen Traum haben, den er schon so oft in den Kaffeetüten gefunden hatte und nach dem er immer glücklich erwacht war:

Sie trafen sich irgendwo zufällig. Sie sah ihn, erkannte ihn, lief mit strahlenden Augen und wehenden kaffeebraunen Haaren auf ihn zu und warf sich so stürmisch in seine Arme, dass sie beide von der Luftmatratze fielen...

Sie war ihm alles gewesen in den letzten Jahren, sie war ihm Motor, Inspiration, ach was, halt die eine, die einzige wirkliche Muse gewesen... - auch wenn er seinen zahlreichen Liebschaften schon mal etwas anderes gesagt hatte...

Was war er ihr gewesen?

Kira hatte ihm das Buch in die Hand gegeben und sich dem nächsten Wartenden zugewandt. Ted ging hinaus in das furchtbar grelle Sonnenlicht.

All diese Momente in den Konzerten oder zwischendurch, wo er gefühlt hatte, sie würde gerade an ihn denken... *That was just a Dream...* Vielleicht würde er beim nächsten Album eine Coverversion von *Losing My Religion* machen?

Falls es eine nächste Platte geben würde... Konnte er überhaupt noch Klavier spielen, jetzt, ohne Muse? Musste er das Konzert womöglich absagen?

Ted ging deutlich früher als geplant in den Konzertsaal und setzte sich an den Flügel. Eigentlich wollte er die alten Lieder spielen, hatte aber erst mal das Bedürfnis, seine Verzweiflung irgendwie mit Musik auszudrücken. Er spielte mit geschlossenen Augen vor sich hin und ohne dass er die Absicht gehegt hatte, entstand ein ganzes Lied.

Ein schönes Lied, nicht mal melancholisch oder traurig, wie er es erwartet hätte, eher lebensfroh, aber irgendwas war... Ted wusste es nicht. Er spielte das Lied gleich noch einmal. Es gefiel ihm sehr gut, aber... Es war nicht vollständig, irgendwas fehlte. Etwas Entscheidendes fehlte... Ein fröhlich hüpfender Vogel ohne Flügel... Die Melodien nahmen Schwung auf... und hoben dann nicht ab.

Er schloss wieder die Augen und schon entstand das nächste fröhlich hüpfende Lied.

Sie küsste wie nie, selbst jetzt...

Ted holte sich einen Kaffee und setzte sich wieder an den Flügel.

Sie war also doch immer noch seine Muse. Das war etwas, woran er sich festhalten konnte. Alles andere war einfach vermessen gewesen.

Eine Stunde später hatte er vier neue Lieder in seinem Repertoire, alle ohne Text. Der Text war nicht das, was fehlte...

Wären jetzt nicht langsam die ersten Zuschauer fürs Konzert eingetrudelt..., womöglich hätte Ted eine ganze Platte an diesem Abend zusammen bekommen.

Es war ein seltsames Konzert. Dass er sehr unkonzentriert war, schien niemandem aufzufallen. Er spielte als Zugabe unter anderem zwei der neuen Stücke. Das Publikum war eher verhalten, er selbst musste beim Spielen ein paar Tränen verdrücken.

Gleichzeitig war Ted inspiriert wie nie zuvor. Er hatte sie gesehen. Sie war immer noch wunderschön. Sie war immer noch seine Muse. Beim Gedanken an Kira entstand sogar spontan während des Konzerts ein völlig neues Lied...

In der Realität hatte sie ihn vergessen, aber in der Traumwelt der Künstler schien sie ihm näher denn je...

Das musste wohl reichen.

Was wäre denn auch schon anderes gewesen, wenn sie ihn erkannt hätte? Sie war verheiratet, hatte Kinder und Ted war ja selber gerade liiert, wenn auch deutlich lockerer...

Das Konzert dauerte fast drei Stunden und Ted war erst nach Mitternacht im Hotel. Er wälzte sich lange unruhig im Bett hin und her. Immer wenn er die Augen schloss, sah er sie vor sich. Dieses kurze Strahlen ihn ihren wunderschönen Augen...

War da wirklich ein Strahlen gewesen? Wenn sie ihn erkannt hatte, wieso hatte sie nicht weiter gestrahlt, nichts gesagt? Hatte sie sich vielleicht nur unscharf erinnert – *...den kenn ich doch..., aber woher?* Wahrscheinlich hatte sie ja inzwischen hunderte von anderen Menschen näher und intensiver kennengelernt. Er war einer unter vielen, dessen Name ihr nicht eingefallen war. Sie wusste nicht mehr, woher sie sich kannten und das war ihr peinlich gewesen...

Als er endlich eingeschlafen war, befand er sich im Traum immer noch in der gleichen Situation:

Kira saß in *Bültmann & Gerriets*, stand bei allen Buchkäufern auf, begrüßte jeden mit einer Umarmung und ein paar persönlichen, fröhlichen Worten, lachte munter und scherzte; nur als Ted an der Reihe war, blieb sie sitzen, sah überhaupt nicht auf und fragte gelangweilt:

„Was soll ich schreiben?"

„Für Ted Schäffler, bitte."

Sie schrieb und gab ihm das Buch und stand auf, um den nächsten Gast mit einer herzlichen Umarmung zu begrüßen...

Ted ging mit hängendem Kopf auf die Straße, enttäuscht... aber vor allem verwirrt..., irgendwas war seltsam..., irgendetwas stimmte nicht! Er war so in Gedanken versunken, dass er mit Schwung gegen eine Schaufensterscheibe lief und aufwachte.

Ted saß im Bett, rieb sich den Kopf und starrte halb wach in das Dunkel des Hotelzimmers.

Da war in der Tat etwas Seltsames gewesen, also in der Realität, was ihm jetzt erst auffiel:

„Für Ted Schäffler" – dafür hatte sie viel zu lange gebraucht. Hatte sie mehr geschrieben?

Ted machte das Licht an, sprang aus dem Bett und fiel erst mal auf den Teppich, weil sein Kreislauf nicht so schnell begriff, wie wichtig das jetzt für ihn war. Er krabbelte über den Boden, hin zu seinem Rucksack, nahm Kiras Buch und schlug die zweite Seite auf...:

Für Ted Schäffler!
P.S.:
Das Kölnisch Wasser ist für Dich..., in allen Büchern!

Ted starrte ratlos auf ihre Handschrift... *Kölnisch Wasser?*
Er roch kurz am Buch, schüttelte dann aber den Kopf:
Quatsch, Ted! Sie meint den Schlüsselkasten, aber weswegen...? 4711? Aber..., was soll..., ah..., vielleicht...?
Er blätterte hektisch auf Seite 47.
In Zeile 11 stand:
Bei jedem Kaffee, den ich trinke, denke ich an ihn.

Ted starrte ungläubig auf die Zeile, kniff sich mehrmals in beide Unterarme, doch da stand immer noch dasselbe...

Das konnte kein Missverständnis sein. Sie hatte ihn erkannt! Bestimmt hatte sie nur wegen Mann und Kindern neben sich so verhalten reagiert? Aber..., wirklich...? Wenn ja, dann hatte sie ihn ja nicht nur erkannt, dann hatte sie ja..., wirklich in allen Büchern? Er brauchte ganz dringend sofort ihre anderen Romane, aber..., woher jetzt, mitten in der Nacht, die anderen Bücher bekommen?

Ted war kurz davor, Harry anzurufen und ihn zu fragen, ob er alle Bücher von Kimberly Rachel Adams habe und was in ihnen jeweils auf Seite 47 in der 11. Zeile stände, verwarf den Gedanken jedoch fast genauso schnell wie die Erwägung, bei *Bültmann & Gerriets* oder *Thalia* einzubrechen...

Stattdessen fuhr er noch einmal zum Konzertsaal, mit der vagen Hoffnung, an den Flügel zu können. Tatsächlich hatte er Glück. Eine Putzfrau schloss gerade ab, für ihn aber noch einmal auf, damit er noch etwas spielen konnte.

Sie setzte sich auf einen Stuhl und genoss ein kostenloses Konzert Ted Coffee ganz für sich allein.

Wieder spielte es aus Ted, keine Lieder, nur Fragmente, doch nach kurzer Zeit erkannte er: Da war das, was bei den vier Stücken gefehlt hatte, die Ergänzung, mit denen sie plötzlich richtig Sinn machten.

„Entschuldigen Sie, können Sie Klavier spielen?"

Die Putzfrau nickte.

Ted brachte ihr einen Teil des ersten Stückes bei und tatsächlich, als sie spielte und er den neuen Teil dazu... Es passte perfekt...

Das waren keine Stücke für ein Klavier, das waren Stücke für zwei Flügel, für gemeinsames Spielen, für zwei Liebende.

Ted umarmte die Putzfrau und ging zurück ins Hotel.

Er las noch mehrmals Kiras Widmung und Zeile 11; nahm dann eine frisch geöffnete Kaffeebohnentüte und Kiras Buch mit ins Bett, legte das Buch, aufgeschlagen auf Seite 47 auf seinen Brustkorb und schlief kurz danach tief ein.

Als *Bültmann & Gerriets* um halb zehn aufmachte, stürmte Ted in den Buchladen, also innerlich, äußerlich ging er zügig aber unauffällig zum Buchstaben A und nahm alle neun weiteren Bücher von Kimberly Rachel Adams mit zur Kasse.

Es fiel ihm sehr schwer nicht sofort reinzuschauen, aber dafür brauchte er dringend einen Kaffee. Einen richtigen Kaffee und die richtige Umgebung.

Dreißig Minuten später saß er mit seiner dampfenden Snoopytasse auf dem Bett, alle zehn Bücher von Kira vor sich, öffnete sie nacheinander auf Seite 47 und las die 11. Zeile:

- Die Muse stand eines Abends völlig durchnässt vor meiner Tür.

- Ich werde dich nie vergessen!

- Ohne dich hätte ich nicht gewusst, wofür ich bestimmt bin.

- Ich spüre deine Hand immer noch in meiner.

- Manchmal wünschte ich, ich wäre einfach mitgefahren...

- Zwischen zwei Wellen kann manchmal ein ganzes Leben liegen.

- Träume, die nach Kaffee duften, sind immer gute Träume.

- Egal, wohin die Straße dich führen mag. Wir werden uns wiedersehen.

- In unseren Träumen haben wir uns längst gefunden.

- Bei jedem Kaffee, den ich trinke, denke ich an ihn.

Ted machte sich noch einen Kaffee...

Nein. Er machte sich **den** Kaffee. Sie hatten alle nach ihr geschmeckt, die Kaffees der letzten Jahre, alle nach wunderbarer Erinnerung..., aber der hier, der war Realität, der war hier, der war jetzt, der war sie..., die sich offensichtlich auch noch immer an ihn erinnerte... Nein, nicht erinnerte..., die... Ted schüttelte den Kopf...

Er setzte sich mit seiner Tasse in den Sessel, roch lange mit geschlossenen Augen am Kaffee und nahm einen Schluck, den er lange im Mund behielt...

Sie hatte die ganze Zeit an ihn gedacht! Bei jedem Buch in den letzten zehn Jahren. Er war in ihren Büchern, wie sie in jedem seiner Lieder war... Hätte er doch auch so konkrete und persönliche Nachrichten hinterlassen! ...Immerhin hatte sie offensichtlich seine Coverversion-Anspielungen verstanden.

Ted trank seinen Kaffee, glücklich träumend und ungläubig den Kopf schüttelnd, bis er im Sessel einschlief. Er hatte schon vorher nicht mehr auseinanderhalten können, ob er schlief oder in der Realität war. Die Träume waren auf einmal in beiden Daseinsformen exakt die gleichen...

Als Ted ein paar Stunden später im Sessel erwachte, spürte er Kira so deutlich wie nie zuvor neben sich. Sie sah glücklich aus, aber da war auch etwas Fragendes in ihrem Blick...

Konnte das sein? War sie sich womöglich genauso unsicher, wie er bis vorhin? Hatte sie ähnliche Zweifel, wie viel sie ihm bedeutete? Auch er hatte ja kein wirkliches Erkennen gezeigt im Buchladen...

Sie brauchte eine Rückmeldung. Eine verschlüsselte Rückmeldung.

Ted fuhr so schnell es ging zurück nach Rösrath, verschwand für fünf Tage im Tonstudio und hatte sein nächstes Album fertig. Natürlich die vier Stücke für zwei Flügel und dann noch mehrere Lieder, die Nachrichten an Kira enthielten.

Über Möglichkeiten ihr über Noten und Klavier mittels eines Codes etwas mitzuteilen, hatte er schon auf dem Rückweg von Oldenburg nach Rösrath nachgedacht.

Im Studio angekommen probierte er mehrere Ideen aus:

Die erste Überlegung war die einfachste, er verwarf sie aber recht schnell:

Nachrichten in den Liedtexten verstecken? Zu offensichtlich. Auch war ihm momentan mehr nach Instrumentalstücken, als nach Liedern mit Gesang...

Lediglich eine Coverversion von *I Thought I Lost You* spielte er ein.

Also, den Rest mit Noten... Aber wie eine Mitteilung nur mit den Buchstaben a-h schreiben? Das „s" könnte man als „es" gespielt noch dazu nehmen...

Ted fing mehrere Texte an... Nein, so würde das nichts.

Wenn er einfach ab dem tiefen „A" alle Buchstaben des Alphabets auf der Tastatur nehmen würde? Das war zum Nachrichten schreiben besser, klang aber furchtbar. Er musste irgendwo einen Kompromiss finden.

Immer in der 11. und 47. Notenzeile einen Text, oder alle 47 Noten einen Buchstaben, oder Note 11 und 47?

Ted probierte alles aus, bis er eine Mischung aus all diesem und einem Lückentext fand, die gerade noch zu erraten war, aber auch einigermaßen klang.

Auf dem Album-Cover war das Klavier von Teds Dachboden abgebildet. Auf dem Klavier lagen ein Fläschchen Kölnisch Wasser und mehrere Bücher von K.R. Adams. Auf den

Tasten standen vereinzelt Buchstaben als Hinweis auf einen Teil der Verschlüsselung...

Name des Albums: *Der Code*

Fünfter Schluck

„And the winner is..."

Ted hatte die letzten Wochen, seit seiner Oscar-Nominierung für die beste Filmmusik, so oft von diesem Augenblick geträumt und an dieser Stelle dann seinen Namen gehört... Jetzt war er aber doch froh, dass er nicht der Gewinner war.

Er hatte schon den ganzen Tag furchtbares Lampenfieber, nichts gegessen und kaum ein Wort rausbekommen, wenn er angesprochen wurde. Und jetzt eben hatte er deutlich gespürt, dass er in Ohnmacht gefallen wäre, wenn Julia Roberts da seinen Namen verkündet hätte.

Nein, es war besser so..., mal abgesehen davon, dass die Musik von John Powell einfach genial war und zurecht gewonnen hatte...

Beschweren konnte sich Ted sowieso nicht. Alleine dadurch, dass sein Album für den Oscar als beste Filmmusik nominiert worden war, hatte sich der Plattenverkauf in den letzten Wochen mehr als verdoppelt.

Kira war schon seit vielen Jahren richtig berühmt, insbesondere seit ihr zweiter Roman (*Wärst du geblieben*) sehr erfolgreich verfilmt worden war.

Als einflussreiche und bekannte Autorin hatte sie beim letzten Film sowohl bei der Besetzungsliste als auch bei der Filmmusik mitreden dürfen und dafür Ted Coffee vorgeschlagen.

Und Kira hatte tatsächlich den Oscar für das beste Originaldrehbuch gewonnen.

Als sie als Siegerin verkündet wurde, sprang sie auf und umarmte spontan als erstes den hinter ihr sitzenden Ted. Selbst ein eigener Oscar hätte wohl kaum ein schöneres Gefühl in ihm erzeugen können...

Noch aufgeregter als Ted, waren die Programmverantwortlichen von Pro7. Dass sechs Deutsche für einen Oscar nominiert waren, hatte es vorher noch nie gegeben und dann hatten tatsächlich auch noch drei von ihnen gewonnen.

Es gab mehrere Sondersendungen vorher, die Live-Übertragung wurde auf fünfzehn Stunden ausgeweitet und hinterher gab es eine spontan einberufene Talk-Runde mit allen sechs Nominierten.

Ted hätte die Teilnahme am liebsten abgesagt, aber Kira hatte mit so strahlenden Augen „Bis gleich!" gerufen, dass er es nicht übers Herz gebracht hatte. Es war ihr Tag und er war der Allerletzte, der ihn verderben wollte...

Als er kurze Zeit später auf der Bühne saß und die Sendung begann, bereute er seine Rücksichtnahme bitterlich.

Ted hatte viel Zeit, um seine Nervosität auszukosten und zu perfektionieren. Vor ihm wurden drei weitere Oscarnominierte in der Runde befragt.

Der Erste war sehr schlagfertig und lustig.

Die Zweite so schön, dass ihr alle zu Füßen gelegen hätten, selbst wenn sie nur gelächelt und geschwiegen hätte; zu allem Überfluss aber war sie auch noch sehr geistreich und belesen.

Und als Drittes ein Kurzfilmautor, der nicht nur den Oscar gewonnen, sondern auch noch eine extrem coole Stimme hatte...

Ted zitterte innerlich und der Schweiß rann ihm den Rücken runter. Ohne Klavier vor sich fühlte er sich nackt und unsicher...

Er hatte sich zwar vorher ein paar Anekdoten und Sprüche auf wahrscheinliche Fragen zurechtgelegt, doch wie er jetzt auf der Bühne saß und alles auf ihn zukam, ging es ihm genauso, wie damals bei *Bültmann & Gerriets*:

Er hatte alles vergessen und würde gleich wahrscheinlich kein Wort herausbekommen...

Es war auch nicht gerade hilfreich, dass der Moderator immer wieder erwähnte, wieviel Millionen Menschen aus aller Welt jetzt zuschauten...

Der Kurzfilmautor war fertig und Ted fiel hinüber vom Stuhl, gefühlsmäßig. In der Realität konnte er mit krampfhaftem Festhalten an den Stuhllehnen aufrecht sitzen bleiben.

„Herr..., äh, Coffee? So heißen Sie nicht wirklich?"

Ted musste tatsächlich selbst überlegen und kam vor lauter Aufregung nicht auf seinen ursprünglichen Namen.

„Ich... Sagen Sie einfach Ted zu mir."

„Fein... Ted! Viele Kritiker haben sich schon die Zähne daran ausgebissen, zu beschreiben, was das Besondere an ihrer Musik ist. Können Sie es vielleicht selber erklären?"

Ja, eine ähnliche Frage hatte er erwartet... Was war noch mal die richtige Antwort gewesen? Ted sah hilfesuchend zu dem Flügel, der neben der Bühne stand. Zum Glück wurde die lastende Stille vom Trickfilmspezialisten unterbrochen:

„Könnten wir eigentlich auch etwas Anderes als Wasser und Saft zu trinken haben? Es gibt schließlich etwas zu feiern!"

„Klar, was möchten Sie trinken?"

„Ich finde, Champagner für alle wäre schon angebracht! Ich weiß, ihr habt nur ein knappes Budget... Ich gebe den aus!"

Der Moderator drehte sich Richtung Regie um:

„Könnt ihr bitte Champagner besorgen? Den Guten! Herr Wedell bezahlt!"

„Klar, machen wir."

Kira hob ihre Hand: „Ich mag ehrlich gesagt keinen Champagner. Könnte ich stattdessen bitte einen Kaffee haben?"

Ted nickte erleichtert: „Oh, ja. Für mich bitte auch einen Kaffee!"

„Also viermal Schampus und zweimal Kaffee?"

Alle nickten zufrieden.

Während die Getränke besorgt wurden, gab es eine kurze Werbeunterbrechung, dann kam ein sichtlich aufgeregter Regie-Assistent in die Runde, verteilte den Champagner und stellte eine Tasse schwarzen Kaffee vor Kira hin; auf dem Tablett standen Milch und Zucker bereit.

„Wie hätten Sie ihren Kaffee gerne, Frau Adams?"

Ted lächelte: „Sie nimmt ihn mit einem großen Schluck Milch, einem Teelöffel Zucker und bitte nicht umrühren."

„Das wissen Sie so genau?", fragte der Moderator erstaunt.

„Ich habe die Bücher alle gelesen. Die Heldin trinkt ihn immer so."

Kira nickt strahlend. „So liebe ich meine Leser! Für Ted dann bitte fast schwarz, mit nur einem Tröpfchen Milch."

„Ich nehme an, das ist dann aus einem Lied?"

„Ja, aus *My Hot Little Black*."

Ted ging es mit einer Tasse in der Hand schon deutlich besser. Nach jeder Frage trank er erst in Ruhe einen Schluck und während er den Kaffee im Mund hin und her bewegte, fielen ihm die Antworten ein...

„Also, Ted. Noch einmal: Viele Kritiker haben sich schon die Zähne daran ausgebissen, zu beschreiben, was das Besondere an ihrer Musik ist. Sie haben da so einen unverwechselbaren Rhythmus. Können Sie es vielleicht selber erklären?"

„Nicht wirklich in allen Einzelheiten..., aber weil Sie der Erste sind, der diese wichtige Frage stellt, verrate ich Ihnen den Teil der Wahrheit, den ich begriffen habe: Das Geheimnis meiner Musik sind die Pausen; wenn meine Musik gar nicht da ist, da entsteht der Rhythmus. Das durchzieht auch den Rest meines Lebens. Was mich ausmacht, was mir Schwung und Rhythmus gibt, was mich tanzen lässt, das ist etwas, was gar nicht da ist... jemand die... ... du..."

Ted bemerkte überrascht, dass er nicht mehr den Moderator ansah, sondern sein Blick auf Kira ruhte.

Etwas später bemerkte er, dass auch seine Stimme ruhte, obwohl er mit dem Satz eigentlich noch gar nicht fertig war...

„Ted?! Sind Sie noch da?"

Der Moderator wirkte besorgt. Auch Kira sah ihn ernst an; nicht ernst, im Sinne von strafend, sondern im Sinne von:

Mach jetzt keinen Mist – Ich weiß das doch alles!

„Entschuldigung. Ich wurde gerade abgelenkt... Wo war ich?"

Bei den nächsten Fragen schaute er nicht wieder zu Kira hin und war deutlich konzentrierter bei der Sache.

Als Ted zum fünften Mal erst Kaffee trank, bevor er antwortete, grinste der Moderator:

„Doch, inzwischen glaube ich daran, dass Sie Coffee heißen..."

Der Moderator wandte sich Kira zu. Es war auch höchste Zeit – Teds Kaffeetasse war leer.

„Herzlichen Glückwunsch zum Oscar, Frau Adams! Oder darf ich Sie Lady Kira nennen?"

„Danke. Ja, sehr gerne."

„Nachdem wir nun etwas vom Geheimnis um Ted Coffees unverwechselbaren Stil ahnen... Was ist das Geheimnis Ihrer Bücher, Lady Kira?"

„Da besteht durchaus eine gewisse Ähnlichkeit zu Ted Coffee. Die Personen, die meine Geschichten ausmachen, sind meist nicht real da, also zumindest für die Meisten nicht sichtbar und das, was ich sagen will, liegt auch irgendwo unhörbar und unsichtbar zwischen den Zeilen..."

„Apropos unhörbar und unsichtbar. Bekannt geworden sind Sie durch ihre Krimireihe „James", die demnächst verfilmt werden wird. Heldin ist eine junge Lady namens Kira, die in einem Schloss lebt und Kriminalfälle löst. Dabei hilft ihr der, für alle außer Lady Kira, unsichtbare Butler namens James, der ihr die entscheidenden Tipps gibt, sie vor Gefahren beschützt und..."

„...auch bei der Hausarbeit hilft, den alltäglichen Dingen – sowas ist ganz wichtig für einen wirklichen Helden!", unterbrach ihn Kira.

„Ja. Sicherlich. Er macht Kaffee, zündet das Feuer im Kamin an, spielt Gitarre und Klavier für sie, ist immer da, wenn die Lady etwas braucht und doch... irgendwas ist so unwirklich an ihm. Er spricht nie ein Wort, ist für niemanden sonst zu sehen. Er hat etwas Geisterhaftes... Ist diese Figur womöglich durch ihren früh verstorbenen Vater geprägt worden?"

Kira schüttelte lächelnd den Kopf.

„Man sollte sich als Schriftsteller nie zu weit in den Kopf gucken lassen, das schränkt ein. Nein, wer für welche Figur Pate stand, werde ich ebenso wenig enthüllen, wie ich je eine küssende Muse verraten würde. Nur soviel: Mein Vater hat mit James ganz und gar nichts zu tun, aber es ist tatsächlich so, dass derjenige, an den ich bei dieser Figur denke, nicht hauptsächlich in meinem realen Leben angesiedelt ist..."

„Frau Kira, die Lady ist eine ausgewiesene Kaffee-Liebhaberin und Expertin, trinkt ihren Kaffee aber immer am selben Platz und nur für sich allein, immer aus der gleichen Tasse, immer die gleiche Marke, mit der gleichen Menge Milch und Zucker. Was hielten Sie von neuen Kreationen, wie *Latte Macchiato?* Oder vielleicht mal einen *Coffee to go*, damit die Lady beim Spaziergang durch den Schlossgarten einen Kaffee trinken kann; dabei kommen ihr doch oft die besten Ideen?"

„Oh, ich liebe *Coffee to go*. Allerdings versteh ich darunter etwas Anderes als Sie. Ich mixe mir eine Cassette mit Musik von Ted Coffee und gehe dann mit meinem Walkman durch die Berge oder am Fluss spazieren. In der Tat, dabei kommen mir oft sehr gute Ideen. Die Lady bleibt in ihrem Ohrensessel vor dem Kamin. Kann ja durchaus sein, dass es nicht nur der Kaffee ist, der die Ideen bringt..."

„...sondern der Überbringer des Kaffees auch gleich die Ideen mitbringt?"

„Eher inspiriert."

„Zum Glück haben wir hier ja noch eine Expertin im Publikum sitzen... Frau Adams junior, wie trinkt ihre Mutter ihren Kaffee denn nun wirklich zuhause?"

Kiras Tochter zuckte mit den Schultern:

„Tatsächlich wissen wir das auch nicht so genau Sie trinkt ihren Kaffee meistens in ihrem Arbeitszimmer, das selbst für die Familie tabu ist. Aber eigentlich trinkt sie sehr wohl einen

Coffee to go. Jeden Morgen macht sie sich als allererste Handlung am Tag einen Kaffee und geht damit durch den Garten spazieren. Immer ganz allein..."

Kira lächelte. „Ich bin da nicht wirklich allein. Jemand geht mit mir, es kann ihn bloß niemand außer mir sehen. Das ist die Zeit, zu der James am häufigsten erscheint... Naja und natürlich abends um neunzehn Uhr..."

„Wird James denn irgendwann mal ein Wort sagen?"

„Ausschließen kann ich nichts. Geplant ist es nicht, aber meine Figuren machen ja oft nicht das, was sie sollen, sondern entwickeln sich beim Schreiben in überraschende Richtungen. Davon abgesehen: James spricht ja zu mir, halt nicht mit Worten, aber mit Büchern, die er mir hinlegt und vor allem mit Musik, am Klavier, mit der Gitarre... Er spricht auf melodiöse und herzberührende Weise mit mir, in einer Sprache ohne Worte, die meine Seele wärmt, wenn mir kalt ist und heilt, wenn ich krank bin... Zugegeben: Manchmal habe ich das Gefühl, er will mir mit seinem Klavierspiel etwas Konkretes sagen, als wollte er Worte spielen... Ich bin bis jetzt aber noch nicht wirklich schlau daraus geworden. Worte sind zwar mein Fachgebiet, aber nicht das Übersetzen von Klavierspiel... Vielleicht weiß Ted Coffee mehr darüber. Er ist ja James nicht gerade unähnlich; auch eher von der schweigsamen Sorte... Ich glaube, du würdest auch lieber am Klavier, als mit Worten antworten..."

Ted nickte und der Moderator hakte nach:

„...wie würden Sie mit der Lady reden, wenn Sie nur Klavier sprechen könnten?"

Ted ging zum Flügel und spielt den Refrain eines der Stücke, seines letzten Albums.

Der Moderator sah Ted ratlos an: „Und was genau haben Sie der Lady jetzt gesagt?"

„Ich werde da sein, wenn Du mich brauchst."

„...Okay..., das hätte ich jetzt nicht sofort rausgehört. Gibt es eine Art Übersetzer dafür?"

„Ja, die Plattenhülle", sagte Kira, während sie eifrig etwas auf eine Serviette schrieb.

Ted lächelte und nickte. Der Moderator schaute beide verwirrt an.

„Das vorletzte Album hieß *Der Code* und auf der Plattenhülle war ein Klavier mit Buchstaben an den Tasten", sagte Kira erklärend, ohne beim Schreiben aufzuschauen.

„Sie spielen da Buchstaben, Ted?"

„Ganz so einfach ist das nicht. Würde ich diesen Satz nur nach Buchstaben spielen, klänge das so:"

Ted spielte wieder etwas auf dem Klavier und es klang furchtbar und nicht irgendwie entfernt wie das Lied eben. Er lächelte:

„Der Code ist nicht einfach zu dechiffrieren..., aber es gibt zwei Menschen auf der Welt, denen ich das zutraue... Benedict Cumberbatch und Lady Kira."

„Ja..., genau..., die Lady..." Der Moderator drehte sich wieder zu Kira um. „Was schreiben Sie eigentlich da? Auf Servietten sollen ja die tollsten Zauberergeschichten entstehen."

„Nein. Ich versuche gerade einen Code zu entschlüsseln... Eigentlich schon seit langer Zeit, aber heute bin ich wirklich weiter gekommen... Könntest du noch einen Satz sagen und spielen, Ted?"

„Sehr gerne: *Schön, dass es dich gibt!*"

Diesmal spielte Ted einen Teil aus einem seiner Instrumentalstücke auf dem Flügel und Kira machte sich weiter Notizen.

Der Moderator hatte ein wenig das Gefühl, dass ihm die Leitung der Runde entglitt und zog jetzt seinen Joker.

„Wo Sie schon gerade am Klavier sitzen, Herr Coffee..."

Ted hatte damit gerechnet, dass er das Lied, für das er nominiert worden war, spielen sollte, doch der Moderator hatte eine wirkliche Überraschung für Ted und noch mehr für Kira vorbereitet:

„...und Frau Adams darf ich auch bitten!"

Der Vorhang hinter Teds Flügel verschwand und gab den Blick auf einen hellbraunen Steinway-Flügel frei.

„Wir haben die Bücher schließlich auch gelesen; naja, nicht alle und nicht so gründlich wie Ted Coffee vielleicht, aber der hellbraune Steinway, an dem James sitzt und der Lady vorspielt, wurde ja oft genug erwähnt und beschrieben... Und... Wir wissen, nicht ganz zufällig..." Er warf einen Blick Richtung Kiras Tochter „...dass sie die Stücke für zwei Flügel auch spielen können, Lady Kira... Sie dürfen sich aussuchen, welches Sie mit Ted Coffee zusammen spielen wollen."

Kira schaute verblüfft und zögerte, bevor sie aufstand; sie musste sich kurz festhalten... Auch Ted hatte sich erhoben und ging zu ihr hin. Sie sahen sich beide unsicher an; dann lächelten sie, legten die Mikros ab, gingen zur Seite und steckten kurz die Köpfe zusammen, um sich zu besprechen. Dass er dabei Kiras Haare spürte und roch, half Teds ohnehin schon weichen Knien nicht gerade weiter...

„Ich mache mir in die Hose vor Aufregung", flüsterte Kira.

„Keine Angst. Ich werde mich deutlich mehr blamieren, als du. Von mir erwartet ja niemand, dass ich am Flügel vor Aufregung keinen Ton herausbekomme. So oft habe ich das Stück gespielt und jedes Mal davon geträumt, du säßest am anderen Flügel; doch ich war noch nie so nervös dabei, wie jetzt, wo du wirklich da sitzt..."

„Das Gleiche habe ich auch schon so oft geträumt. Eigentlich sogar dasselbe." Kira strahle ihn jetzt nur noch glücklich an. „Das ist unser gemeinsamer Traum, und jetzt wird er endlich Realität... Lass es uns genießen!"

„Ja! Unbedingt! Wir nehmen unseren Kaffee mit, prosten uns zu, sprechen dabei einen Zauberspruch und danach werden die Menschen verschwinden und nur wir beide werden noch da sein..., endlich nur wir beide..."

Kira drückte kurz seine Hand; dann gingen sie zurück zur Bühne und ließen sich ihre Kaffeetassen nachfüllen.

„James..., darf ich bitten?"

Ted verbeugte sich, nahm Kiras Hand, führte sie zu ihrem Flügel und ging dann zu seinem.

Als sie sich beide gesetzt hatten, prosteten sie sich zu und tranken langsam einen großen Schluck.

Ein Zauberspruch war gar nicht mehr nötig, alles um sie herum verschwand und sie spielten, träumten und genossen gemeinsam...

Die Telefonleitungen bei Pro7 liefen heiß; viele Zuschauer beschwerten sich, dass das Bild unscharf sei; genaugenommen Frau Adams und Ted unscharf aussähen, während die Flügel, Kaffeetassen und beim Schwenk über die Zuschauer alles andere scharf sei...

Ein Techniker wurde nach der Sendung befragt und erklärte das Ganze mit einer Spannungsspitze, aufgrund derer kurzzeitig der Autofocus bei den Kameras ausgefallen sei...

Was er nicht gefragt wurde und was er nicht hätte erklären können:

Auch die Zuschauer live vor Ort im Studio rieben sich die Augen, weil sie Kira und Ted nur noch schemenhaft erkennen konnten; als säßen da Geister, durchsichtige Hüllen, als wären sie hier nur als Spiegelung zu sehen und in Wirklichkeit ganz woanders...

Irgendwann kam einer auf die Idee, dass da wahrscheinlich der sechste Nominierte des Abends hinter steckte, der schließlich für seine visuellen Effekte den Oscar bekommen hatte. Vielleicht ein Trick mit der Beleuchtung.

Die Erklärung verbreitete sich in Windeseile unter den Zuschauern, die daraufhin wieder beruhigt lauschen und genießen konnten. Wirklich weg konnten Kira und Ted doch auch gar nicht sein. Sie waren unüberhörbar. Sie spielten wunderbar; alle vier Lieder für zwei Flügel hintereinander...

Sechster Schluck

Teds nächste Platten waren ungewöhnlich fröhlich. Die Kritiker waren begeistert und schrieben, er habe sich neu erfunden. Auch die Verkaufszahlen gingen noch einmal deutlich nach oben.

Ted hätte große Hallen oder kleine Stadien füllen können, aber er bestand darauf, wie bisher in übersichtlichen Sälen mit höchstens tausend Zuschauern zu spielen, in denen Tische mit Kerzen standen, Theken mit Barhockern, Sofas und bequeme Chinz-Sessel. Auch die kleinen Pausen zwischendurch, während derer man Kaffee nachholen konnte, blieben fester Bestandteil der Konzerte.

International war er ebenfalls sehr gefragt. Sechs Monate Tournee durch die USA, Australien und quer durch Europa. Eine spannende Zeit für Ted, der vorher nicht viel von der Welt gesehen hatte.

Ted bekam lukrative Angebote von mehreren großen Kaffeeherstellern, die er aber alle ablehnte. Stattdessen gab er mehrmals ein privates Konzert auf einer kleinen Kaffeefarm am Fuße des Kilimandscharos.

Viele Künstler wollten ein Duett mit Ted spielen. Den meisten sagte er ab; mit Mark Knopfler allerdings machte er sogar eine dreiwöchige Tournee – mit einer sehr langen Version von *On Every Street* bei jedem Konzert.

Nach der Tournee widmete er sich einem völlig anderen Projekt:

Er kaufte die ehemalige *Kyffhäuser Hütte,* die seit mehreren Jahren leer stand und sehr sanierungsbedürftig war. Sie wurde möglichst originalgetreu wiederhergestellt und das „*Street Café*" wurde eröffnet.

Von der Einrichtung und Atmosphäre her eine Mischung aus Wiener Kaffeehaus und Irish Pub. Die Musik sehr klavierlastig.

Preise für die Speisen standen nicht auf der Karte. Die Gäste sollten einfach bezahlen, was ihnen das Essen wert gewesen war und wer gar nichts bezahlen konnte, der bekam eine Mahlzeit umsonst und bei Bedarf auch eine Übernachtung, inklusive Dusche und am nächsten Morgen Kaffee zum Frühstück und eine Thermoskanne mit auf den Weg.

Gelegentlich spielte der Chef selber im *Street-Café* ein kleines unangekündigtes Konzert.

Ansonsten durfte jeder auf dem dort stehenden Klavier spielen, der respektvoll damit umging; mittwochnachmittags gab es kostenlosen Klavierunterricht für Kinder.

Harry hatte sein Label inzwischen um eine Buchsparte erweitert und seine meist noch völlig unbekannten Autoren hielten Lesungen dort und einige von ihnen wurden danach tatsächlich bekannt.

Eine schon seit langem nicht mehr unbekannte Autorin veröffentlichte kurz nach Teds Album ihr nächstes Buch. Auf Seite 47 in Zeile 11 stand ein Satz, den Ted chiffriert auf seinem vorletzten Album gespielt hatte:
Wenn die Seelen in gemeinsamer Musik schwingen, spielt Entfernung keine Rolle...
Kira hatte den Code geknackt.

Auch sie schrieb noch mehr Bücher als sonst. Und zusätzlich veröffentlichte sie in einem Blog, unter dem Pseudonym *Kira Raki*, in unregelmäßigen Abständen *„Briefe an James"*.

Ted hatte bei seinen Konzerten nie nach Noten gespielt, das Klaviernotenabstelldingens war immer leer gewesen; jetzt lehnten dort mehrere Blätter... Es waren allerdings weiterhin keine Noten, sondern die neuesten Briefe an James...

So fühlte er sich noch wohler am Flügel, spürte Kira noch näher und die früher schon langen Konzerte dauerten jetzt oft bis Mitternacht.

Bei einem Auftritt in Hamburg passierte es dann:

Ted hatte schon fünf Stunden gespielt, spürte seit langem so etwas Ähnliches wie einen Anflug von Erschöpfung, aber die gut fünfhundert Zuschauer forderten weiterhin eine Zugabe, obwohl er sich eigentlich endgültig verabschiedet und das dritte Mal die Bühne verlassen hatte. Der Saal war voll, womöglich war noch keiner gegangen...

Ted stand im Raum hinter der Bühne, trank einen Schluck Kaffee und las noch einmal den neusten *Brief an James*, den er kurz vor dem Konzert entdeckt und ausgedruckt hatte:

Du bist das kleine Buch auf meinem Nachttisch,
in dem ich lese, bevor ich einschlafe und danach wunderschön träume;
in dem ich morgens eine Seite lese und beschwingt in den Tag gehe.
Das Büchlein in der Hosentasche, in dem ich glücklich blättere, wenn ich am Tag Pause habe und in der Sonne sitze.
Der kleine Schatz zwischen den unzähligen Schmökern in der Bücherei, ich blättere, bin fasziniert, setze mich auf eine Bank und versinke in großen, besseren, fernen Welten und vergesse all die anderen Bücher um mich her, die Menschen um mich, meine Vergangenheit, meine Zukunft... nur dieses einzigartige Buch, in dessen Geschichte ich alles finde, was ich je sein wollte, was ich je noch werden möchte...
Das Buch, auf das ich meine Hand lege, wenn ich schwören muss; auf das ich meinen schweren Kopf legen möchte, wenn ich erschöpft vom Tage nach Hause komme.
Das Dritte, was ich auf eine einsame Insel mitnehmen würde, neben Schreibblock und einer großen Kanne Kaffee...
Das Buch unserer wunderbaren Freundschaft!
Vorsichtig schließe ich das Buch, streichel nochmal sanft über Deinen Einband und drücke Dich an mein Herz. Morgen werde ich weiterlesen...

Ted lächelte glücklich. Er hatte auf einmal große Lust auf eine nie endende Feier. Ob er sich jetzt im Bett oder am Flügel Kira nahe fühlte... Er ging zurück auf die Bühne.

„Okay, ihr habt es so gewollt. Ich habe schon oft gesagt, mein Lieblingsstück könnte ich unendlich lang spielen. Ausprobiert habe ich es bisher noch nie... Wollen wir doch mal sehen, wer länger durchhält, ihr oder ich!"

Ted setzte sich, mit einer frisch gefüllten Thermoskanne und seiner Snoopy-Tasse, an den Flügel und spielte *Coffee For One* fünf Stunden lang.

Um kurz nach sechs Uhr waren immer noch dreihundert Zuschauer da; körperlich auch ziemlich am Ende, aber glücklich. Einziger Wermutstropfen: Der Kaffee im Konzertsaal war alle.

Ted ging mit fast zweihundert Fans zusammen in ein Café in der Innenstadt, das gerade aufmachte und um diese Uhrzeit sonst nie mehr als zehn Gäste hatte...

Künstler und Zuschauer waren gleichermaßen so angetan, dass Ted im nächsten Jahr zur gleichen Zeit, am gleichen Ort wieder ein Konzert bis zum Frühstück ausdehnte.

Das Café in der Innenstadt setzte extra drei Bedienungen mehr an diesem Morgen ein...

Der Kult verfeinerte sich in den nächsten Jahren: Die Zuschauer brachten Isomatten und Decken mit, einige kamen in Verkleidung, z.B. als Patient mit Kaffee am Infusionsständer.

Auch ein paar andere Städte kamen nach und nach dazu, wenn das Publikum sich ein Nachkonzert „verdient" hatte und gerade ein passender *Brief an James* veröffentlicht worden war...:

Ein Kritiker hat mich vor wenigen Tagen die „fruchtbarste Göttin der Neuzeit" genannt, weil ich so viele Welten erschaffen hätte.

Ich fand den Vergleich wenig gelungen und furchtbar übertrieben, aber heute gefällt mir der Gedanke, weil ich damit ausdrücken kann, wie wunderbar Du bist:

Solltest Du jemals an Dir zweifeln, so denke daran:

Wer ist größer als eine Göttin? Der, der die Göttin und ihren Schöpfergeist mit seinem Kuss zum Leben erweckt hat.

Eine Göttin war Deine Schülerin.

Du hast eine Göttin das Fliegen gelehrt.

Siebter Schluck:

Fünfhundert gut gelaunte Menschen tranken, lachten und standen in Gruppen zusammen. Ted saß alleine an einem kleinen Tisch, trank seinen Kaffee und betrachtete mit mäßigem Interesse, was um ihn herum geschah. In großen Gesellschaften hatte er sich noch nie wohl gefühlt, wenn es sich nicht um ein Konzert handelte.

Das war nicht seine Welt und doch war ja die, wegen der er hier war und die dort gerade mit ihrem Mann auf der großen Bühne tanzte, so sehr viel mehr seine Welt, als es Realität je sein konnte...

Kira warf ihm einen Blick zu und winkte mit strahlenden Augen, er lächelte, hob die Tasse und prostete ihr zu.

Es war schön, sie nach all den Jahren wiederzusehen, aber sie hatten bisher nicht eine Minute für sich alleine gehabt.

Wenigstens waren die Reden vorbei! Den ganzen Nachmittag lang hatten unzählige wichtige und bekannte Leute zu Kiras Ehren eine kurze Ansprache gehalten und ihr gratuliert.

Kira neigte, genau wie Ted, sonst nicht zu größeren Feierlichkeiten, aber bei der besonderen Konstellation in diesem

Jahr hatte sie dem Drängen ihres Verlagsdirektors doch endlich einmal nachgegeben, wie dieser in seiner Rede stolz verkündete.

„Ich weiß ja, liebe Kimberly, dass du lieber mit deinem Buttler alleine im Kaminzimmer feierst, aber diesmal habe ich gegen James gewonnen..., wenigstens dieses eine Mal! Dein 47. Roman wurde heute veröffentlicht und du hast inzwischen über 47 Millionen verkaufte Bücher. Am liebsten hätten wir ja schon vor zwei Wochen gefeiert... Dein 47. Geburtstag hätte einfach zu gut gepasst, aber leider war das Buch nicht so schnell fertig..."

Kira nahm sich ein Mikrofon:

„Ach, Gustav. Du hast sogar doppelt gewonnen. Nicht nur, dass ich einer Feier zugestimmt habe; der Termin ist nicht ganz zufällig heute... Du bist doch geborener und bekennender Kölner und Anwender von Kölnisch Wasser... Heute bin ich 47 Jahre und 11 Tage alt, ich habe 47,11 Millionen Bücher verkauft und habe 47 Bücher fertig und vom nächsten Roman 11 Kapitel geschrieben... Einen besseren Termin für die Feier konnte es nicht geben."

Das Publikum klatschte, Kiras Chef strahlte und hielt nun noch beschwingter eine noch längere Rede...

Ted war der einzige Prominente auf dieser Feier, der keine Rede gehalten, sondern der Jubilarin ein Stück auf dem Klavier vorgespielt hatte. Als Dank hatte er eine sehr lange und warme Umarmung von Kira erhalten, die er gerne ohne all die Leute um sich genossen hätte..., aber auch so:

Obwohl sie sich sonst kaum gesprochen hatten, obwohl Ted Flugreisen eigentlich hasste, schon gar zwanzig Stunden nach Australien...

Es hatte sich gelohnt!

Die Umarmung würde er noch lange spüren, das Bild vor seinem inneren Auge war aufgefrischt. Ihre Haare waren inzwischen hellbraun bis grau, aber ihr Gesicht war durch viele Lachfalten sogar noch hübscher als früher und unverändert dieses lebensfrohe Strahlen in ihren Augen aus Madagaskar-Ebenholz...

Ted spürte einen großen Drang, sich an das Klavier in der Ecke zu setzen und aus diesem brodelnden Vulkan von Inspiration, den er in sich spürte, ein bisschen Druck abzulassen.

Aber das Klavier war abgedeckt, einzelne Gläser auf ihm abgestellt, ein Aschenbecher, in den gerade jemand, in angeregter Konversation mit jemand anderem, seine Zigarette abklopfte...

Teds Kaffeetasse war leer, die Bedienungen waren im Stress und Kira wurde mal wieder zu einem Gespräch und zu Fotos für die Presse entführt.

Ted wartete noch eine Weile, träumte davon, mit Kira am Klavier zu sitzen, doch als auch zehn Minuten später noch niemand vorbeigekommen war, bei dem er einen neuen Kaffee bestellen konnte, ging er unbeobachtet und darüber sehr erleichtert, aus dem Saal...

Bei den Reden am Tag war Ted so müde geworden, dass er mehrmals eingenickt war; jetzt, wo er lange nach Mitternacht endlich im Bett lag, war er hellwach.

Irgendwo in diesem Gebäude schlief Kira; ein Gedanke, der Ted nicht gerade müde machte...

Stattdessen bekam er starken Appetit auf einen Kaffee. Vielleicht war es jetzt etwas leerer in der Hotelbar.

Tatsächlich saßen da, wo sich vorhin mehrere hundert Menschen gedrängelt hatten, nur noch sieben Personen. Ruhige Musik, leise Gespräche.

Ted setzte sich an die Theke und bestellte eine große Tasse Kaffee mit einem kleinen Schluck Milch.

Wie immer schloss er die Augen und genoss den wunderbaren Geruch ihrer Haare in seiner Nase, um dann seinen Mund in ihre Locken zu tauchen und den Kaffee kurz zu küssen, bevor er den ersten, sehr heißen Schluck lange im Mund behielt und dann, viel Wärme ans Herz abgebend, langsam die Kehle runterrinnen ließ...

Ted trank auf diese Weise die Tasse in sieben Schlucken aus, bevor er die Augen wieder öffnete.

Er hatte fast damit gerechnet, Kira vor sich zu sehen, so nah spürte er sie; stattdessen stand eine dunkelhaarige Bedienung namens Katja vor ihm.

„Ich habe erst einmal in meinem Leben jemand einen Kaffee auf diese Weise trinken gesehen... - falls man da überhaupt noch von Trinken sprechen kann..."

Sie grinste über das ganze Gesicht.

„Ich bediene ja schon seit vielen Jahren, aber sowas habe ich bis vorhin nie erlebt! ...Und dann auch noch beide am gleichen Abend..."

Ted schaute sie verblüfft an. „Heute Abend?"

„Ja. Vor einer halben Stunde würde ich sagen. Sie hat sich ein Kännchen Kaffee mitgenommen und ich glaube, sie hat sowas gemurmelt wie, dass auf dem Dach ein schöner Ausblick sein müsste in so einer klaren Vollmondnacht."

„Auf dem Dach?"

„Ja. Ich habe ihr von der Dachterrasse unseres Hotels erzählt, als sie nach einem ruhigen Plätzchen fragte. Kennt fast niemand. Der Aufzug fährt ja nur bis in die zwölfte Etage und von dort muss man dann noch zwei Stockwerke die schmale Treppe neben den Waschräumen hochsteigen. Da ist man eigentlich immer für sich. Ich sitze auch schon mal gerne nach Dienstende auf dem Dach... Heute Abend werde ich aber nicht vorbeikommen. Ich will ja niemanden stören..."

Sie zwinkerte Ted zu.

„Aber..., woher wissen Sie...?"

„Ich habe alle Lady Kira Romane gelesen und habe die Augen von Frau Adams gesehen, als vorhin am Tisch über Ted Coffee gesprochen wurde... Bedienungen mögen nicht immer Intellektuelle sein, aber was Beziehungen und unerfüllte Träume angeht, macht uns so leicht niemand auf der Welt etwas vor..."

Ted starrte sie an.

„Keine Angst. Ich glaube nicht, dass es sonst irgendwem aufgefallen ist. Ihr Mann war nicht dabei. Möchten Sie auch ein Kännchen mitnehmen?"

Ted strahlte sie an: „Am besten zwei. Ich denke, James hätte ihr ein Kännchen mitgebracht."

„Auf jeden Fall!" Auch die Bedienung strahlte.

Mit zwei Kännchen Kaffee und etwas Gebäck auf einem Tablett, machte sich Ted auf den Weg zur Dachterrasse.

Kira drehte sich um, als die Tür hinter ihr quietschte und strahlte Ted an.

„Hätte ich das geschrieben, ich hätte es verworfen, weil es mir zu unwahrscheinlich vorgekommen wäre .. Hallo, James!"

„Madam... Wenn Sie gestatten, werde ich heute mal nicht stumm bleiben."

„Ich bitte darum!"

Trotzdem sagten sie erst mal eine Weile nichts, nachdem sie sich lange und herzlich umarmt hatten; sie strahlten sich nur an und tranken Kaffee...

Kira streichelte nach dem zweiten Schluck kurz über Teds Unterarme und legte dann ihre Hände auf seine.

„Ich musste nur mal eben prüfen, ob du wirklich hier bist. Das ist so surreal, als wäre ich gerade in einem meiner Bücher aufgewacht... Dabei ist es so ein vertrautes Gefühl, alleine mit dir zu sein und Kaffee zu trinken. Es ist eigentlich wie jeden Tag, aber doch alles anders heute..."

„Wirklich jeden Tag?"

„Mal mehr, mal weniger intensiv, aber ja, jeden Tag... Zum Glück hast du mich nicht jeden Tag als Muse geküsst. Es war auch so schon ein sehr arbeitsreiches Leben durch dich."

Kira ließ seine Hände los und knuffte Ted gegen die Schulter.

„Siebenundvierzig Bücher habe ich dank deiner Küsse veröffentlicht und ungefähr zweihundertfünfzig angefangene sind noch in meinem Kopf... Wirst du je Ruhe geben?"

„Was soll ich denn sagen? Vierundzwanzig Platten... Es gibt kaum einen fleißigeren Musiker als mich, sagt man. Aber ich war es ja eigentlich gar nicht selber. Wirst du irgendwann aufhören zu küssen?"

„Willst du das denn?"

„Um Himmels willen, nein! Niemals!"

„Ich auch nicht."

Sie prosteten sich zu, doch bevor die Tassen die Lippen berührten, umarmten sie sich noch einmal sehr lange und sehr zärtlich...

„Du glaubst nicht, wie ich mich auf diese Feier gefreut habe..., also nicht diese grauseligen Feierlichkeiten wegen meiner diversen Jubiläen eben... Nein, unsere Feier..., jetzt."

„Du meinst... Du hast auch daran gedacht?"

„Ach Ted..., natürlich! Mein Buch ist schon seit Anfang des Jahres fertig, aber ich habe es niemandem verraten. Ich wollte halt nicht an meinem Geburtstag feiern... Mein Verlagsdirektor lag aber sowas von daneben! James hat, wie immer, haushoch gewonnen. Ich wollte eigentlich nie etwas groß feiern, aber als er so drängte, dachte ich...: Wenn schon, dann mit dir zusammen unseren fünfundzwanzigsten Jahrestag... Es tut mir leid, dass du durch die Feierlichkeiten durchmusstest. Ich habe gesehen, dass dein Kaffee alle war und hätte dir so gerne einen neuen gebracht, aber das wäre einfach zu auffällig gewesen..."

„Ich hätte gerne mit dir am Klavier gesessen..."

„Apropos Klavier... Ich kann deinen Code schon ziemlich gut, meist sogar einfach beim Zuhören, entschlüsseln. Ich war sehr gerührt von dem, was du heute Nachmittag über unseren ersten Abend gesungen hast..."

„Ich habe nicht gesungen."

„Oh..." Kira lachte. „Stimmt. Für alle anderen war es ja nur ein Instrumentalstück... Ist tatsächlich auch besser, dass nur ich den Text verstanden habe..."

„Ja. Unbedingt."

„Für mich hat es sich wirklich angefühlt wie ein Lied, ich habe deine Stimme deutlich in mir gehört, wenn ich die Noten sofort verstanden habe... Aber, was ich eigentlich fragen wollte: In deinem Stück kam mehrmals mein Name vor, immer auf die gleiche Weise, nur beim Abschluss des Liedes war er irgendwie anders... Hat das eine Bedeutung?"

Ted errötete und Kira lächelte:

„Habe ichs mir doch gedacht... Kann es sein, dass mein Vorname noch immer der gleiche war, ich aber einen anderen Nachnamen hatte?"

Ted nickte, brachte aber immer noch kein Wort heraus. Dass sie ihn so genau lesen konnte..., damit hatte er nicht gerechnet.

„Wenn mich meine Ohren nicht täuschten, kamen nach meinem Vornamen die Noten es, c, h, a, e, zweimal f und wieder e... Kira Schäffler...?"

Ted nickte und zog gleichzeitig entschuldigend die Schulter hoch: „Nur so eine Andeutung, dass es auch ein ganz anderes Lied hätte werden können..."

„...dass das Leben ein ganz anderes hätte werden können?"

Ted nickte.

Kira sah ihn mit tief dunklen Augen an und umarmte ihn lange und warm. Die Arme blieben um ihn, als sie sich von ihm löste, um weiter zu sprechen.

„Danke für das Lied. Es bedeutet mir sehr viel, dass ich für eine Notenzeile lang deinen Namen tragen durfte..."

„Ach, Kira... Was wäre wohl aus uns geworden, wenn du damals mitgekommen wärst? Träumst du auch manchmal davon, wie es gewesen wäre, wenn wir zusammengelebt hätten?"

„Manchmal? Och... Fünfundzwanzig Jahre zusammen, Sex und Kinder mit dir, eine verlockende Vorstellung und ein sehr häufiger und immer schöner Traum. Aber ich fürchte, der Welt wäre viel Kunst vorenthalten geblieben, wenn wir zusammen gewesen wären. Wir hätten doch die ganze Zeit nur Kaffee getrunken, Klavier gespielt, gekuschelt, geträumt und süße kleine Kinder gemacht. Zum Schreiben und komponieren wären wir, rein zeitlich, kaum gekommen. Außerdem: Unerfüllte Wünsche, nicht gestillte Begierde und die hoffnungslose Sehnsucht nach dem geliebten Menschen, das ist ja der Ansporn für unsere

Kunst. Bukowski hat so treffend gesagt: ‚Schriftsteller sind verzweifelte Menschen und wenn sie nicht mehr verzweifelt sind, hören sie auf Schriftsteller zu sein.' Du bist die wunderbarste Verzweiflung, die ich mir für mich vorstellen kann. Und du weißt, dass ich mir sehr gut wunderbare Sachen vorstellen kann. Nein. Wir haben alles richtig gemacht. Ich bin mir sicher, dass wir sehr glücklich zusammen geworden wären, aber womöglich haben wir es sogar noch besser getroffen: Denn wir sind ja auch glücklich, so wie es ist. Wir haben uns gegenseitig ein erfülltes Leben voll überschäumender Phantasie und Kreativität bereitet; wir haben uns durch schwere Zeiten getragen, ohne uns zu berühren. Und irgendwie haben wir auch zusammengelebt: Ich war in deinen Liedern jeden Abend mit dir auf der Bühne und du warst in jedem meiner Bücher. Es war das genialste Leben, von dem ich je gehört habe. Im Realen glücklich und in den Träumen überglücklich."

Ted nickte stumm. Er hätte ihr gern als Antwort etwas auf dem Klavier vorgespielt, spürte deutlich, dass da mindestens sieben neue Lieder in ihm waren, aber jetzt war nicht die Zeit dafür... Selbst sie, die Herrscherin der Worte schwieg eine lange Weile und strahlte ihn nur glücklich an, bevor sie ihren Kopf an ihn lehnte...

Sie tranken Kaffee und starrten schweigend über die Stadt. Erst nach dem nächsten Schluck, ein paar Minuten später, nahm Kira ihren Kopf wieder von Teds Schulter:

„Fünfundzwanzig Jahre ist es her, dass wir uns kennengelernt haben. So oft habe ich seither davon geträumt, endlich mit dir allein zu sein und dir alles sagen zu können. In Gedanken habe ich schon oft stundenlange Gespräche mit dir geführt und mein Herz ausgeschüttet... Da ist unendlich viel in mir für dich!

...Aber nun fehlen mir, die seit Jahren davon lebt, dass sie schöne Formulierungen findet, jegliche Worte..."

Verzweiflung war in ihrer Stimme, nicht in ihren Augen, die ihn immer noch anstrahlten...

Ted legte seinen Zeigefinger auf ihre Lippen. Sie atmete erleichtert aus und murmelte:

„Danke!"

Ted lächelte:

„Wie heißt es so schön bei Werther: ‚Ich könnte jetzt nicht zeichnen, nicht einen Strich, und bin nie ein größerer Maler gewesen...' – Du findest keine Worte, ich keine Töne... Ich könnte jetzt gerade kein Klavier spielen, obwohl ich eigentlich immer nur für dich gespielt habe..."

Sie schwiegen eine Weile und strahlten sich an.

„Ich war eben so abgelenkt, dass ich gar nicht darauf geachtet habe... Riechen deine Haare eigentlich immer noch nach Kaffee?"

Kira lächelte und neigte ihren Kopf zu ihm. Ted vergrub endlich wieder wirklich seine Nase in ihren Haaren und automatisch wollte er einen Schluck nehmen, aber die Haare im Mund brachten ihn in die Realität zurück, die heute ausnahmsweise noch wunderbarer war, als seine Träume...

Der Kaffee in seiner Tasse war längst kalt, aber der Kaffee in seinen Armen war heiß und schmeckte köstlich...

Achter Schluck

Als Stargast zum fünfundzwanzigjährigen Jubiläum des Street-Cafés hatte sich Kimberly Rachel Adams für eine Lesung angemeldet.

Ted übte seit Wochen, einen ordentlichen Thunfischsalat hinzubekommen und hatte auch endlich ein Rezept gefunden, mit dem seine Nachspeise an das beste Tiramisu, von vor inzwischen über fünfundvierzig Jahren, wenigstens ansatzweise heranreichte...

Doch zehn Tage vor dem Termin kam ein Anruf von Kiras Manager; er müsse leider absagen, da Frau Adams erkrankt sei. Genaueres ließ er auch nach mehrmaliger Nachfrage nicht durchblicken.

Ted ahnte, dass es etwas Ernstes sein musste, denn er wusste, dass Kira sonst nicht abgesagt oder wenn schon, ihn persönlich gesprochen hätte. Sie hatten sich beide sehr auf das Wiedersehen an ihrem alten Ort gefreut.

Zwei Wochen später saß Ted in einem Café, trank Kaffee und erfuhr aus der Zeitung, dass Kimberly Rachel Adams verstorben war.

Sein Herz blieb stehen, überlegte es sich dann doch noch einmal und schlug, eher unmotiviert, weiter.

Ted fiel vom Stuhl und wurde in ein Krankenhaus eingeliefert.

Der Chefarzt der Klinik erklärte ihm, dass er eine Herzrhythmusstörung habe, die Bigeminus heiße. Jeder zweite Herzschlag sei zu schwach und pumpe kein Blut.

„Ja. Sowas habe ich mir schon gedacht. Ich kenne das von früher, da hatte ich das mal mit ein paar Klavierstücken. Da fehlte auch..., mindestens die Hälfte, jedenfalls das Entscheidende. Das habe ich wiedergefunden. Aber jetzt... Mein Herz wird kaputt bleiben..."

„Nein. Das Herz ist nicht kaputt, es ist nur eine Störung der Reizleitung..."

„So würde ich das nicht sagen."

„Jedenfalls kann man etwas dagegen tun."

„Nein. Leider nicht."

„Doch. Es gibt ein Medikament das hilft."

„Das Medikament, was mir hätte helfen können, ist vor ein paar Tagen vom Markt genommen worden..."

„Unsinn! Es gibt inzwischen etwas viel Besseres! Nehmen Sie die Tabletten, die ich Ihnen verschreibe, morgens und abends und Sie werden sehen: Ihr Herz ist wie neu!"

„Sie haben wirklich keine Ahnung von Herzensangelegenheiten!"

Der Chefarzt, der sehr aufgeregt war, dass er so einen berühmten Patienten hatte, überredete Ted schließlich doch noch, sich stationär aufnehmen und seine Herzrhythmusstörungen medikamentös einstellen zu lassen.

Nachdem er am Abend einen Schluck vom Krankenhauskaffee probiert hatte, verließ Ted dann aber doch, gegen dringenden ärztlichen Rat, die Klinik und ging nach Hause.

Nein, an sein Herz würde er niemanden ranlassen. Eigentlich verwunderlich, dass nur jeder zweite Schlag ausfiel. Ted hatte nicht das Gefühl, dass er noch wirklich am Leben war... Alles vorher Erfüllende erzeugte nur noch große Leere in ihm.

Er saß am Klavier, die Töne und Lieder kamen ihm fremd vor; Kiras Bücher konnte er nicht lesen. Die Lady war stumm und James stand ratlos daneben...

Alles, was sonst geholfen hatte, half nicht; auch der Kaffee zuhause schmeckte mau...

Ted sagte sämtliche Konzerte ab; das Street-Café blieb bis auf weiteres geschlossen.

Zwei Tage später kam Post aus Australien: In einem großen Umschlag waren das Schreiben eines Notars, ein Flugticket und ein geschlossener kleiner Umschlag. Ted las zuerst das Anwaltsschreiben:

Er sei im Testament bedacht worden und möge bitte, wenn möglich, zur Testamentseröffnung kommen. Sämtliche Kosten für Flug und Unterbringung seien von Frau Adams im Vorhinein bereits beglichen worden. Offensichtlich habe sie großen Wert darauf gelegt, dass er dabei sei.

Ted öffnete den kleinen Umschlag, sah die wohlbekannte und geliebte Handschrift und machte sich erst mal einen Kaffee, bevor er den Brief las.

Mein geliebter Freund,

nie in meinem Leben ist es mir so schwer gefallen, etwas zu schreiben, wie diesen Brief.

(Und damit meine ich nicht meine schwachen, krummen Finger...)

Ich weiß, dass es Dir gerade sehr schlecht geht, Du nicht gerne fliegst und eigentlich nur Deine Ruhe haben möchtest, aber ich möchte Dich um einen vorletzten Gefallen bitten:

Sei bei der Testamentseröffnung dabei! Es ist mir sehr wichtig, dass wirklich nur Du bekommst, was ich Dir zugedacht habe... Außerdem hoffe ich sehr, dass ich so noch einmal ein bisschen bei Dir sein kann, weil ich alles für Dich vorbereitet habe.

Auch ist es mir wichtig, dass Du meine jüngste Tochter Julia kennenlernst.

Ich bin mir nicht sicher, ob dieser Brief ungeöffnet zu Dir kommt, aber das, was ich sonst noch geschrieben hätte, weiß James auch ohne Worte...

Millionen von Zeilen habe ich in meinem Leben geschrieben, die letzten davon an den, wegen dem ich die Millionen vorher auch geschrieben habe...

Ich weiß nicht genau, wo ich nun hingehe, aber ich bin gewiss, dass es dort hervorragenden Kaffee gibt und wir bald wieder zusammen genießen werden...

Deine Kira

Ted trank mit geschlossenen Augen einen Schluck köstlich schmeckenden Kaffee und bemerkte dabei, dass sein Herz wieder ruhig und gleichmäßig schlug...

Es war gar nicht ihr Anteil im Herzen gewesen, der gefehlt hatte. Er selbst hatte aufgehört und sie hatte in ihm weiter geschlagen, um ihn am Leben zu halten...

Elf Menschen waren bei der Testamentseröffnung anwesend. Ted, der Notar, der Direktor des Verlags, bei dem Kira veröffentlicht hatte, Mirco und diverse Kinder und Enkel.

Ted saß neben Julia, die als Einzige - dafür aber sehr deutliche – Ähnlichkeit mit Kira hatte.

Zuerst wurden diverse Vermögenswerte in der Familie aufgeteilt. Ted achtete nicht auf die Einzelheiten, außer als Julia den Schlüssel zu Kiras berüchtigtem Arbeitszimmer, das außer ihr nie jemand hatte betreten dürfen, erhielt.

Der Verlagsdirektor bekam eine externe Festplatte mit einem kleinen Zettel dabei, auf dem *Max Frisch und Der Code* stand.

Der Verlagsdirektor sah den Zettel ratlos an und versuchte dann mehrmals vergeblich, die Festplatte auf seinem Laptop zu öffnen.

„Ich würde da nicht mehr allzu viele falsche Passwörter eingeben!"

Ted sah den Verlagsdirektor ernst an.

„Wieso nicht?"

„Naja, der Zettel... Ich nehme an, auf der Festplatte ist ein Buch oder mehrere Bücher, die erst in zwanzig Jahren veröffentlicht werden sollen."

„Das... Woher wollen Sie wissen, dass..."

„Nun. Es gibt einen ganz ähnlichen Fall in *Der Code*. Da ist eine Festplatte auch so gesichert, dass nach zehn falsch eingegebenen Passwörtern der Inhalt gelöscht wird; der Leseschutz aber nach zwanzig Jahren von alleine erlischt."

„Das Buch habe ich nicht gelesen. Das war vor meiner Zeit. Sie scheinen sich in ihren Büchern gut auszukennen."

„Ja. Ich habe jedes mehrmals gelesen." Ted schaute verträumt lächelnd aus dem Fenster – Wahrscheinlich hatte er alle mindestens zwanzig Mal gelesen...

„Ja, ich glaube, ich kann sie alle auswendig."

Ted sah, dass der Verlagsdirektor das für einen Scherz hielt, fuhr aber unbeirrt fort:

„Sie hat Max Frisch immer sehr verehrt und der hat auch ein Buch geschrieben, das so persönlich war, dass es erst zwanzig Jahre nach seinem Tod veröffentlicht werden sollte."

Der Verlagsdirektor sah zutiefst frustriert auf seine Festplatte und packte sein Laptop wieder weg.

Der Notar wandte sich an Ted:

„Frau Adams hat auch Ihnen eine Festplatte hinterlassen, Herr Coffee."

Der Verlagsdirektor lachte kurz auf: „Das macht aber doch wenig Sinn, denn, mit Verlaub gesagt..., Herr Coffee, sie sind siebzig Jahre alt, wenn Sie das erst in zwanzig Jahren lesen können..."

„Nein, ich denke, ich kann den Code knacken."

Ted lächelte still vor sich hin. Er hatte bereits eine Ahnung, wie das Passwort lauten würde...

Er verließ die Kanzlei als erster und bereitete im Gedanken das Öffnen der Festplatte später zuhause vor:

Kaffee – selbstverständlich - ihre Tasse und Jacke (die Zeit hatte dem Stoff sehr zugesetzt, der Erinnerung überhaupt nicht), Tiramisu, vielleicht eine...

„Einen kleinen Moment bitte, Herr Coffee!"

Julia kam hinter ihm hergelaufen. Ted blieb stehen. Sie sah ihn verlegen an.

„Entschuldigung. Ich hoffe, Sie empfinden das nicht als aufdringlich. Aber..., ich hätte es mir nie verziehen, wenn ich Sie nicht wenigstens gefragt hätte... Haben Sie eventuell noch Zeit und Lust... Könnten wir uns ganz kurz ein bisschen unterhalten? Darf ich Sie vielleicht zum Essen oder zu einem Getränk einladen?"

Ted mochte Kiras Tochter sehr gern, deswegen unterdrückte er die spontan auf der Zunge liegende Antwort. Er freute sich wirklich sehr darauf, mit der Festplatte allein zu sein...

Julia biss sich auf die Lippen. Die Antwort war ihm wohl auch ohne Ton anzusehen.

„Tut mir leid. Ich kann mir vorstellen, dass Sie gerne wieder nach Hause möchten. Aber der Rückflug wird sicher anstrengend, da wäre doch eine kleine Stärkung..."

Ted lächelte... und sah einen Hoffnungsschimmer in Julias Augen.

„Ich würde Sie so gerne ein ganz klein bisschen näher kennenlernen! Ich weiß, Sie haben meiner Mutter sehr viel bedeutet. Sie hat es nie gesagt, aber... ich glaube, Sie waren James."

Ted lächelte, ohne etwas zu sagen.

„Sie sprechen nicht. Sie müssen James sein!"

Ted lachte: „Okay. Sie haben gewonnen."

Julia strahlte.

„Hätten Sie vielleicht Lust auf einen ganz besonderen Kaffee? Eine kleine, unbekannte Kaffeefarm aus Tansania. Meine Mutter hat mir die Packung letztes Jahr zu meinem zwanzigsten Geburtstag geschenkt. *Für einen besonderen Moment*, hat sie dazu geschrieben. Alleine mag ich ihn nicht trinken und ich wüsste sonst niemanden, der so gut nachfühlen kann, wen ich verloren habe..."

Ted nickte. „Ja... doch wirklich, gerne, aber nur unter der Bedingung, dass du mich Ted nennst, Julia."

„Sehr gerne, Ted!", sagte Julia strahlend und umarmte ihn.

Sie verbrachten einen sehr netten Abend am See, der an das Grundstück der Familie Adams grenzte. Die meiste Zeit trieben sie mit einem Boot über das Wasser, tranken Kaffee und erzählten über Kira.

„Sie hat die letzten Wochen sehr viel geschrieben..., wahrscheinlich wollte sie den angefangenen James vollenden, aber es ist ihr nicht mehr gelungen..."

„Wird er trotzdem veröffentlicht?"

Julia errötete leicht:

„Mama hat in ihrem Testament verfügt, dass ich das Buch fertig schreiben und die Reihe fortsetzen soll. Sie meinte, ich könne das. Ich sei sehr wie sie."

„Ja, das Gefühl habe ich auch; nicht nur äußerlich."

Julia errötete noch mehr.

„Danke. Sie hat mir kurz vor ihrem Tod sogar gesagt, ich könne das wahrscheinlich besser als sie, weil ich ganz hervorragende Künstlergene in mir hätte."

„Dein Vater ist auch Künstler?"

„Papa? Nein, leider gar nicht. Ein liebevoller Familienvater, ein sehr begabter Handwerker und ein hervorragender Manager für Mama, aber mit Kunst hat er nichts am Hut. Er hat nie ein Instrument gespielt und nur ein paar von ihren Büchern gelesen. Das ist einfach nicht seine Welt... und die meiner beiden großen Geschwister auch nicht. Deswegen war Mama so froh, dass ich noch dazugekommen bin. Ich war wohl nicht geplant; sie war ja schon fast achtundvierzig Jahre alt..."

„Ja, ich hatte dich erst für eine Enkelin gehalten, bis du dich vorgestellt hast..."

„Das passiert mir oft. Ich habe ja auch tatsächlich einen Neffen, der älter als ich ist..."

„Ich habe mich nicht als James vorgestellt. Woran hast du mich erkannt?"

„Erkennen ist zu viel gesagt. Es war nur so eine Ahnung. Mama hat mir in den letzten Wochen viel von James erzählt, damit ich die Reihe weiterschreiben kann; viel darüber, wie sie ihn sich vorstellt, wie er neben ihr sitzt, beim Kaffee trinken... Das war alles so detailliert, so real... Ich bekam immer mehr den Eindruck, dass er nicht nur eine erdachte Figur sei und als ich dich dann heute sah..., obwohl du nur ein paar Sätze gesprochen hast... Ganz ähnlich hatte ich ihn mir vorgestellt... Naja, etwas jünger vielleicht..."

Sie lächelten beide.

Die Wasseroberfläche war völlig glatt, keine noch so kleine Welle. Julia warf einen kleinen Stein ins Wasser und sie beobachteten lange Zeit schweigend die Kreise, die er auf dem See verursachte.

„Ich bin froh, dass ich dich kennenlernen durfte, James! Du bist wirklich ein ganz normaler und höchst sympathischer Mensch. Als Kind war ich manchmal sehr eifersüchtig auf James, wenn Mama von ihm schwärmte. In meiner Vorstellung war er ein unbezwingbarer Riese, der mir meine Mama wegnahm."

„Das habe ich nicht gewollt."

„Ach, Unsinn. Du hast sie ja nicht wirklich weggenommen; ganz im Gegenteil. Du hast unser aller Leben bereichert. Das ist mir halt bloß erst in den letzten Wochen aufgegangen. Ohne dich wäre meine Mama nicht so glücklich gewesen und sie hat uns ja mit ihrem Glück und ihrer Lebensfreude angesteckt. Nein..., ich hatte eine sehr glückliche Kindheit und du warst irgendwie immer dabei... - James halt: Nicht zu sehen, nicht zu hören, aber ich habe dich gespürt, wenn Mama im Sessel saß und verträumt Kaffee trank und in der letzten Zeit sogar manchmal, wenn ich Klavier gespielt oder Geschichten geschrieben habe..."

Kleine Wellen kräuselten den See; Ted lächelte.

Julia ließ eine Hand ins Wasser hängen.

„Deine Mama war glücklich?"

„Ja. Ja, sehr. Natürlich nicht immer. Aber ich habe bisher niemanden kennengelernt, der das Leben auch nur ansatzweise so locker nahm, der so ansteckend lachen konnte, der so oft still vor sich hin strahlte. Sie war glücklich, mit uns, ihrer Familie, mit dem Schreiben, mit dem Leben..., aber nie haben ihre Augen so geleuchtet, wie wenn sie von James erzählte..."

Das Boot schaukelte leicht. Eine größere Welle trieb sanft gebogen auf sie zu, als würde der See lächeln...

Neunter Schluck

Ted steckte die Kaffeemaschine aus und trug sie aus der Küche in das Wohnzimmer, machte die erste Tasse fertig und schloss dann die Festplatte an sein Laptop an.

Es bleiben noch 2 von 10 Versuchen.

Offensichtlich hatte schon jemand versucht, das Passwort zu knacken. Ted war sofort klar gewesen, was der Passwort-Hinweis: *Ein Fisch im Salat, Kölnisch Wasser in kleinen Wellen, ein Kaffee im Nachtisch* bedeutete.

Er kannte ihre Bücher, zumindest die 11. Zeilen auf der 47. Seite alle auswendig. Da nur noch zwei Versuche übrig waren, schaute er aber sicherheitshalber erst noch einmal in ihrem dritten Roman *Kleine Wellen* nach, dann tippte er *Thunfisch, Ohne dich hätte ich nie gewusst, wofür ich bestimmt bin, Tiramisu* ein und schon öffnete sich der Explorer und zeigte die Übersicht über den Inhalt der Festplatte...

Ted hatte mit einem Text, einem Brief vielleicht, gerechnet, aber da waren mehrere Ordner..., ganz viele Worddokumente..., ein paar Bilder, mehrere Videos...

Ted holte sicherheitshalber noch ein neues Päckchen Kaffeebohnen. Die Kaffeemaschine würde noch lange auf ihren Feierabend warten müssen...

Als erstes kam ein kurzes Vorwort:

Mein geliebter Ted,

ich hätte nur noch wenige Tage gebraucht, um Jan es 27 fertig zu stellen..., doch es gibt Wichtigeres; es gibt einen Wichtigeren....

Ich habe ein paar Sachen veröffentlicht, von den unzähligen Geschichten und Gedanken, die ich in den letzten Jahrzehnten aufgeschrieben habe, aber meine Lieblingsbücher hat bisher noch niemand gesehen...

Ich habe sie hier für Dich gesammelt und versuche sie ein bisschen zu sortieren und vielleicht doch noch etwas zu verbessern..., denn... mit den Geschichten über uns bin ich nie zufrieden. Ich habe in meinem Leben immer für fast al'es Worte gefunden, was ich erzählen wollte. Die Geschichten, die ich aus Erlebtem bastelte, waren immer größer, schöner und spannender, als die Realität, die sie inspiriert hatte; aber alles, was ich über Dich, über uns geschrieben habe, erscheint mir deutlich schwächer, als diese nicht greifbare, unendlich weite und freie Surealität, die wir zusammen hatten...

Ich hätte gerne etwas geschrieben, das unverkennbar ausdrückt, was Du mir bedeutet hast, was ich alles war, weil es Dich gibt.

Die üblichen drei Worte werde ich nicht schreiben, sie wurden zu oft gesagt und sie sagen viel zu wenig vom Wichtigen und wurden schon zu oft für Unwichtiges missbraucht...

Wir hatten nicht viel Realität, aber unendliche Welten und Geschichten zusammen. Wir haben dutzende Länder bereist, waren wahrscheinlich an jedem Strand und in jedem Café der Erde. Wir haben Konzerte zusammen gegeben und nebenbei mehrmals die Welt gerettet... - Realität? Ach, Schnickschnack!

Wenige wunderbare reale Momente voller Zauber und dazwischen wundervolle Jahre, in denen die Spannung nie nachgelassen hat, das Verlangen nie weniger wurde. Wir haben aber sowas von alles richtig gemacht!

Du bist das Glück, das nie verblasst ist, das nie zur Gewöhnung wurde. Ich hatte mit Dir für immer den Zauber, der jedem Anfang inne wohnt.

Der Moment des Kennenlernens, wenn noch alle Fragen offen sind, wir haben es geschafft, ihn ein Leben lang zu dehnen, den schönsten und inspirierendsten aller Augenblicke.

Wir hatten nicht nur ein Leben zusammen, wir haben uns hunderte erschaffen, in Liedern und Büchern...

Ich hatte ein unendlich reiches Leben durch Dich. Ein paar ganz wenige der wundervollen Tage mit Dir habe ich aufgeschrieben...

Deine, Dich in allen Welten liebende und sehr glückliche,
Kira

Der erste Ordner enthielt elf Tagebucheinträge.

Gleich am Anfang der längste Eintrag, den sie am Abend nach ihrer gemeinsamen Nacht in der Kyffhäuser Hütte angefangen hatte.

Sie schrieb über den Kaffee um neunzehn Uhr und wie wohl sie sich in ihrer Vorstellung bei ihm gefühlt hatte. Ein paar Gedanken zur Nacht. Zum Aufwachen auf seinem Brustkorb und zu seiner Hand in ihrer und über ihre Verwirrung, ob Ted womöglich ihr Leben sei und nicht Mirco, mit dem sie doch eigentlich glücklich war und der ihr gerade heute gesagt hatte, dass er sie schon in wenigen Wochen hier rausbekommen könne, falls es mit dem Stipendium in Sidney klappen würde.

Er hatte alles geplant und bisher hatte sie sich so darauf gefreut, mit ihm endlich aus ihrem Gefängnis zu fliehen und nun... Sie konnte endlich fliehen, zu Fuß mit ihrem Freund, aber plötzlich war da auch die Möglichkeit zu fliegen, völlig andere Welten zu entdecken, mit einem großen, unbekannten Vogel, der sie letzte Nacht schon einmal sanft mit seinen Krallen gepackt und durch ungeahnte Höhen getragen hatte...

Wäre ein Leben an Teds Seite, als seine Klavierlehrerin und Gefährtin möglich?

Und dann startete unvermittelt eine lange Geschichte, ein fast komplettes Buch. Es hatte deutliche Ähnlichkeit mit ihrem ersten großen Erfolg. „Wärst du geblieben", bloß halt eine deutlich subjektivere und persönlichere Version.

Er war ihr Musenkuss gewesen. Sie war vorher nie auf die Idee gekommen, mehr zu schreiben, als ihr Tagebuch und dort halt auch nie mehr, als das, was wirklich passiert war...

Ein anderer Eintrag war aus dem Jahr vor der Oscarverleihung, zwischendurch geschrieben, an einem ihrer wenigen gemeinsamen Tage, beim Zusammenschneiden der Musik für den Film:

Wenn ich hier bei dir sitze, wir berühren uns nicht, haben uns fast noch nie ernsthaft berührt, auch das Gesagte berührt nicht die großen Gefühle, die für Dich in mir sind...

Wir sind gute Freunde, beide dem jeweiligen Partner, zumindest körperlich, nicht untreu und doch immer wieder das deutliche Gefühl:

Wir kennen uns ganz anders. Wir sind längst zusammen. Das Gefühl nach Hause zu kommen, wenn ich die Tür öffne und Du sitzt da und lächelst mich an.

Die Berührungen deines Körpers, sanftes Streicheln und leidenschaftliche Küsse..., als Wunsch sowieso, aber seltsamerweise auch als Erinnerung in mir, als Wissen...

Es gibt ja nicht nur das reale Leben. Es gibt Träume, Phantasie, unendliche Möglichkeiten außerhalb der Realität, die uns so enge Grenzen setzt, die mit Schwerkraft nervt und mit Müdigkeit. Hier ist nur ein einzelnes Buch; da draußen, da ist die große Bibliothek.

Kann es sein, dass wir in einer Parallelwelt zusammen sind und unser Glück von dort hier rüber strahlt, dass wir irgendwie in einem kaum wahrnehmbaren Kontakt zu unseren Parallel-Ichs stehen? So viele Religionen glauben an ein Leben im Jenseits, das irgendwie zeitlos ist... Weswegen nicht mehrere Leben auf einmal in verschiedenen Welten... zeitgleich...? Zeit ist ja nichts, was wirklich existiert.

Unsere gemeinsame Welt existiert wirklich, wie und wo auch immer.

Ich werde es, in diesem Leben, nie erklären und auch nicht adäquat beschreiben können, aber ich spüre es deutlich:

Ich bin in dieser anderen Welt, in der ich mit dir zusammen bin, eine sehr glückliche Frau!

Ted hatte seine Leseecke vom Esstisch zum Bett verlagert, weil ihm, nach inzwischen sieben Stunden Lesen, immer wieder die Augen zufielen; er zwischendurch kurz einschlief, wunderbar träumte und dann weiterlas.

Oft legte er sich nach besonders schönen Sätzen hin, schloss die Augen und spürte Kiras Kopf auf seiner Brust...

Selbstverständlich stand nun auch die Kaffeemaschine beim Bett und neben dem Kissen lag eine leere Kaffeebohnentüte.

Weitere Utensilien waren dazu gekommen, insbesondere eine Großpackung Taschentücher, weil Ted, der das ganze Leben fast nie geweint hatte, sich dauernd vor Rührung schnäuzen und viele Glückstränen wegwischen musste.

Nach einem Eintrag an Weihnachten von vor zehn Jahren, benötigte Ted eine ganze Packung...:

Manchmal habe ich das Gefühl, dass ich längst in meinen Geschichten lebe und hier auf der Erde, in diesem kargen Büro der Realität, halt mein Arbeitsplatz als Schriftstellerin ist. Ich arbeite mein Pensum ab und dann geht es in der Feierabend, weg aus dem engen Büro, raus in die unendlich große Welt der Träume und Geschichten, da wo sich der schönste Teil meines Lebens abspielt...

Kurz nach eins, irgendwann zwischen erstem und zweitem Weihnachtstag, sternenklare Nacht und Vollmond...

Bis eben saß ich, nach einem leckeren Weihnachtsessen und reichlich leckerem Rotwein, in der warmen, gemütlichen Stube und dann verspürte ich auf einmal den großen Drang, jetzt nach draußen zu gehen und mit Dir zusammen, Hand in Hand, durch diese wunderbare Nacht zu gehen..., in der festen Überzeugung, dass ich nur diesen Kilometer, diese vielleicht halbe Stunde mit Dir bräuchte und alles wäre gut, für sehr, sehr lange Zeit, vielleicht für immer, ganz sicher für Wochen...

Alles wäre geheilt, voller Glück oder doch zumindest auf einmal leicht erträglich, weil all die oft kaum aushaltbare Realität überstrahlt würde, weil ich dauernd noch Deine Hand in meiner spüren würde, ab und zu einen Blick auf Dich werfend, auf Deine wunderschöne Silhouette vor dem Mondlicht...

Du warst mir so nah, wie kaum jemand in meinem Leben in der Realität je war, als ich eben diesen Weg mit Dir gegangen bin, genau wissend, dass Du nicht wirklich da bist und genauso genau wissend, dass ich Dich da neben mir spüre... und dass Realität nicht wirklich das ist, was in meinem Leben zählt...

Ich bin tief trunken und bin froh darum, damit eine Entschuldigung zu haben, es nicht beschreiben zu können, wie wunderbar dieser Spaziergang mit Dir war, wie viel Kraft er mir in meiner Realität gibt, in der Du leider viel zu selten vorkommst und die Du doch mehr durchdringst und prägst und mit Glück und Kraft zum Weitergehen füllst, als all die wichtigen realen Personen um mich herum...

Du bist das Beste, was mir im Leben passiert ist!

Die Tagebücher hatte er durch. Der zweite Ordner war noch deutlich umfangreicher:

Elf unveröffentlichte fertige Bücher und mehrere unvollendete Buchfragmente.

Eine Buchreihe über sie beide; ihr gemeinsames Leben, wie es hätte sein können, wenn sie damals zusammen gekommen wären...

Mit heiterer Leichtigkeit erzählte sie Jahrzehnte großer, unbeschwerter Liebe, voll Freiheit, Reisen, Kuscheln und mit viel Musik und Büchern...

Gemeinsames künstlerisches Schaffen. Sie schreibt, während er Klavier spielt, irgendwo in einer kleinen Hütte, fernab der Zivilisation. Sie sind nicht reich, aber haben genug zum glücklichen Leben: Musik, Literatur, gemütliche Möbel und richtig guten Kaffee...

In einem anderen Buch ihre Situation, wie sie wirklich gewesen war: Sie haben sich nur ein paar Mal getroffen, aber gegenseitig ihr Leben geprägt und beglückt.

Als ihr Mann verstirbt, kommen Ted und Kira, beide schon deutlich über siebzig, zusammen.

Kurz danach erkrankt Kira an Demenz. Um den Verlauf aufzuhalten, erzählen sie sich ihre Erinnerungen. Anfangs noch jeder aus seinem Leben, dann verschwimmt es immer mehr ineinander.

Sie sitzen vor dem Kamin, trinken Kaffee und erzählen und erinnern das wenige Reale und die vielen Träume.

Irgendwann spricht sie Ted nur noch als ihren Ehemann an und erzählt immer wieder, wie glücklich das Leben mit ihm war...

Ted überspielt es meist, aber einmal sagt er doch:

„Ach, Kira, wie gerne wäre ich dein Mann gewesen! Wie gerne hätte ich all das mit dir erlebt; wie glücklich wäre ich gewesen, jeden Morgen neben dir zu erwachen, aber die meiste Zeit unseres Lebens waren wir leider nicht zusammen..."

„Ach, mein lieber Ted, du bist wieder ein bisschen durcheinander. Ich kann mich an keinen Tag in meinem Leben erinnern, an dem wir nicht zusammen waren!"

Kira strahlt ihn an. Ted nickt und lächelt.

„Ja. Eigentlich hast du Recht. Genauso fühlt sich das auch für mich an. Das hätte ich nicht schöner sagen können."

Nach einem Ordner mit vielen unveröffentlichten Briefen an James und einem mit Bildern kam ein Ordner mit mehreren Filmen:

Bei *Die Brücken am Fluss* gab Ted die Nutzung der Taschentücher irgendwann auf und zog hinterher einfach die nasse Kleidung aus.

Viele Filme hatte Ted schon gesehen, einige (z.B. *Die Frau des Leuchtturmwärters*) waren ihm noch unbekannt.

Als letztes kam ein kurzer Ausschnitt aus *Bambi*:

Der Herbstwind weht die bunten Blätter aus einem Baum. Zum Schluss bleiben zwei Blätter übrig, die sich umtanzen, dann löst sich eins und fällt, nach längerem hin und her in der Luft, auf den Boden. Das andere sieht nun auch keinen Sinn mehr darin, hängenzubleiben, segelt ähnliche Wege durch die Luft, um genau neben diesem Blatt zu landen...

Fast drei Wochen hatte Ted im Haus, überwiegend im Schlafzimmer, verbracht; nun ging er hinaus in den Garten, sog die frische Luft tief ein und setzte sich auf die Hollywoodschaukel.

Er trank einen Schluck Kaffee, stellte die Tasse neben sich ab und nahm dafür den Ausdruck von seinem Lieblingsbrief an James in die Hände und las...

Meine geliebte Frühlingssonne!

Oh, welch glückliche Wochen voller Sonnenschein, Wärme und wohltuendem Wind hatten wir, welch einen wunderbaren Mai!

Bald steht der Sommer vor der Tür und auf einmal verschwindest Du hinter einer Wolke und ich höre Dich sagen:

Ich bin unbedeutend, eine unter vielen, nichts Besonderes... - und ich blühender Kirschbaum schüttele verwundert die Äste und strahle meine Frühlingssonne mit leuchtenden Blüten an:

Du bist nicht die Sonne, die am heißesten scheint;

auch nicht die, die am längsten am Himmel steht;

nicht die, die die kitschigsten Sonnenauf- und -untergänge produziert...

Du bist eine Sonne unter vielen im Jahr..., aber Du bist meine Lieblingssonne!

Du gibst die erste Wärme nach langem grauen Herbst und eisigem Winter, erweckst eingefrorene Träume und Hoffnungen wieder zum Leben und berührst mit Deinen einzigartigen Strahlen meine Seelenknospen und ich erblühe mit einem unbeschreiblichen Gefühl von Glück...

Jetzt und hier und diese Tage bist Du, meine geliebte Frühlingssonne, alles für mich!

...und in den Wochen und Monaten danach, wenn ich wieder Regen und andere Sonnen brauchen werde...:

Ich werde immer, mein ganzes Baumleben lang, an Dich, meine erste Sonne, denken, die mich erweckte, die mich erblühen ließ;

und jedes Jahr aufs Neue, werde ich im stürmischen Herbst und im traurigen Winter auf Dich hoffen und voller Sehnsucht Deine Strahlen erwarten...

Epilog:

Ted las noch einmal Kiras Brief, den ihm Julia vor wenigen Tagen zugeschickt hatte. Sie hatte ihn in dem geheimen Zimmer gefunden, mit der Anweisung, ihn in dieser Woche an Ted zu schicken:

Mein geliebter Ted,
hunderte von Menschen, mit denen ich jahrelang viel zu tun hatte, ein paar Dutzend mit denen ich eine Zeitlang täglich zusammen lebte... Die, die davon noch leben und einigermaßen mobil sind, werden zur Abschiedsfeier kommen.
Die meisten glauben, mich zu kennen, einige denken, so ziemlich alles von mir zu wissen. Mein Leben wurde in den letzten Jahrzehnten sehr genau beobachtet; es wurde viel darüber geschrieben...- Über das, was mich wirklich ausmachte, weiß fast niemand etwas.
Wir beide haben uns leider nur ein paar Mal im Leben real getroffen und doch...:
Wir hatten, mitten im Gewusel von fast zehn Milliarden Menschen auf dieser Erde, eine kleine Welt ganz für uns, von der niemand etwas erfahren hat.
Selbst heute, wo mein Körper nicht mehr funktioniert und ich überwiegend Müdigkeit fühle, spüre ich eine belebende Aufregung in mir, wenn ich an unsere geheimen Orte denke. Plötzlich noch einmal das Verlangen, ein Buch zu schreiben, doch nein, ich habe wirklich lebenssatt abgeschlossen, will jetzt diesen Weg zu Ende gehen und dort auf Dich warten...
Kein Buch mehr..., nur noch Dir einen kurzen Gruß und eine kleine Wegbeschreibung, Dir, der meine Welt war...

Die Wegbeschreibung ist einfach: Geh zu der kleinen Abschiedsfeier, die ich in Bremen organisiert habe. Unseren Ort wirst Du erkennen...

In Liebe,
Deine Kira

In ihrem Nachlass hatte Kira eine Trauerfeier, nein, sie hatte betont, keine Trauerfeier, sondern eine fröhliche Abschiedsfeier, für ihre Freunde und Verwandten in Deutschland organisiert. Sie sollte sieben Wochen nach der Beerdigung stattfinden; am 1. Juli, wenn Kira neunundsechzig Jahre alt geworden wäre.

Warum sich Kira für die Abschiedsfeier ausgerechnet eine Gaststätte -*Ständige Vertretung*- in Bremen ausgesucht hatte, konnte sich keiner recht erklären. Es gab keinen offensichtlichen Bezug zu ihr und ihrem Leben. Eine Lesung hatte sie dort nie gehalten und dass sie dort jemals gewesen sei, war auch niemandem bekannt.

Selbst Ted, der wusste, dass er vieles wusste, was niemand sonst über sie wusste, wusste anfangs nicht, warum sie diese Lokalität ausgesucht hatte..., bis er auf dem Weg dorthin auf dem Markt-Platz an einem Straßencafé vorbeikam und sah, welcher Kaffee dort serviert wurde.

Okay, unseren Ort habe ich erkannt... Aber..., warum dann nicht hier?

Als er in der *Ständigen Vertretung* ankam, die trotz ihrer Größe rappelvoll war, wurde ihm klar, warum die Feier nicht in dem kleinen Café stattfand.

Er setzte sich an einen Tisch und schaute sich um: Das mussten viele hundert Menschen sein. Nicht gerade das, was er liebte... Warum hatte Kira ihn hierherbestellt? Ob er vielleicht direkt zu dem Café...?

Eine ältere Bedienung kam auf seinen Tisch zu.

„Herr Coffee! Ich freue mich so, Sie wiederzusehen!"

In der Tat, sie kam ihm irgendwie bekannt vor.

„Erinnern Sie sich noch an mich? Katja. Das Hotel in Sidney? Die Dachterrasse?"

„Ja..., natürlich! Katja. Entschuldigung, ich bin schon etwas alt und tüddelig... Ich freue mich auch sehr!"

Er stand auf und sie umarmten sich.

„Ich wusste ja nicht genau, was aus Ihnen beiden geworden ist da oben auf dem Dach, habe Bücher und Lieder verfolgt, war mir nie ganz sicher, habe es nur immer gehofft... und dann kommt dieser Brief aus Australien – Rachel Kimberly Adams bittet in ihrem Nachlass darum, dass ich heute Abend hier bedienen möge... Sie hat extra einen kleinen Brief an mich geschrieben. Ich soll einen Gast ganz besonders im Auge behalten..."

Sie zwinkerte fröhlich. Ted hatte schon wieder Tränen der Rührung in den Augen. Das nahm aber auch Überhand in der letzten Zeit! Katja reichte ihm ein Taschentuch.

„So, James, jetzt setzen Sie sich erst mal hin und trinken einen Kaffee auf die Lady!"

„Danke!"

Es war zwar nicht *Machare*, aber der Kaffee hier schmeckte auch sehr gut. Ted schloss die Augen und trank; sofort verschwand die laute Feier um ihn und er war im Gedanken in glücklichen Erinnerungen mit der Gefeierten.

Katja brachte ihm zum zweiten Kaffee ein selbstgemachtes Tiramisu und später einen Thunfischsalat. Die Rezepte hatte Kira ihr im Brief beigelegt.

Auch die Feier wurde später noch überraschend schön. Julia unterhielt sich kurz mit ihm und berichtete begeistert, wie leicht es jetzt für sie sei, die weiteren James-Romane zu schreiben, seitdem sie ihn kennengelernt hatte.

Später setzte sich Katja für eine längere Zeit zu ihm. Sie hatte eine sehr angenehme weiche Stimme, die ihm damals nicht aufgefallen war.

Was genau sie erzählte, bekam Ted nicht alles mit. Schon seit einigen Monaten und in den letzten Tagen rapide verstärkt, nahm er kaum etwas von dem, was um ihn herum passierte, wahr. Das war ihm früher so beim Musizieren gegangen, jetzt passierte es ihm dauernd im realen Leben. Ob er dement war? Wahrscheinlich nicht. Das Kurzzeitgedächtnis hätte wohl funktioniert, wenn er es denn gewollt hätte, wenn die Gegenwart ihn noch interessiert hätte... Er lebte halt gerne in der Vergangenheit und in seinen Träumen, da wo seine gesammelten körperlichen Beschwerden noch nicht existierten und wo Kira noch auf dieser Welt weilte...

Nach ein paar kurzen Ansprachen war eine Pause und Ted ging erst auf Toilette und dann vor die Tür, um frische Luft zu schnappen.

Julia kam auch raus.

„Ah, da bist du, Ted. Ich hatte es eben ganz vergessen. Da ist noch etwas für dich."

Sie reichte ihm ein kleines Päckchen.

„Hier, das habe ich in dem Zimmer gefunden, das Mama mir vermacht hat. Sie hat dabei geschrieben, dass ich es dir heute geben soll."

Ted war plötzlich doch noch einmal ganz in der Gegenwart. Er setzte sich auf einen Stuhl und mit ruhigen Händen, aber vor Aufregung zitternder Seele, öffnete er das Päckchen.

Es war ihre Kaffeetasse mit Linus und seiner Schmusedecke darauf, die sie bei jeder Lesung und bei jedem sonstigen öffentlichen Auftritt dabei gehabt hatte.

Unter der Tasse lag ein zusammengefalteter Brief. Ted bemerkte beim Auseinanderfalten, dass sie das Blatt mit ihrem Kaffeeduft besprüht hatte.

Er roch einen Moment mit geschlossenen Augen an dem Brief und dann las er:

Ich habe auf nichts in meinem Leben so gut aufgepasst, wie auf diese Tasse; obwohl ich als gute Mutter selbstverständlich auch gut auf meine Kinder aufgepasst habe...

Ich habe vorige Woche ein Kännchen Kaffee aus dieser Tasse getrunken und bei jedem Schluck unser Leben nachgeschmeckt. Ich weiß nicht, ob beim Sterben auch noch mal ein Lebensfilm abläuft, wenn ja, möchte ich am liebsten noch einmal genau diesen Film sehen...

Ich kann mir kein erfüllteres Leben vorstellen, als wie wir beide es hatten!

Du weißt natürlich, wen ich mit den zwei Blättern am Herbstbaum in Bambi meinte. Ein Baumleben lang waren wir nahe beieinander und berührten uns doch immer nur ganz kurz, wenn der Wind gnädig zu uns war. Jetzt falle ich auf den Boden. Ich werde einen Platz suchen, wo sonst kein anderes Blatt ist, einen Platz für uns allein...

...und Du wirst mich finden und wir werden zusammen sein...

Ich weiß nicht wann und wie und habe keine Vorstellung davon, in welcher Gestalt..., aber egal wo: Ich werde Dich wiedersehen! Und genau da wird mein Himmel sein!

Ich freu mich auf uns...

Ted faltete ihren Brief zusammen und steckte ihn in seine Brusttasche, ganz nah an sein wild klopfendes Herz...

Er wischte sich eine Träne aus dem linken Auge und stand auf.

Julia lächelte:

„Scheint etwas wirklich Schönes zu sein... Kommst du wieder mit rein? Es wäre toll, wenn du etwas Klavier spielen könntest."

Ted sah sie freundlich an, schüttelte aber mit dem Kopf.

„Nein... Nein, wirklich nicht. Die Arthrose; ich kann es nicht mehr so gut, wie es sich für sie geziemt hätte... Nein. Ich würde gerne einen Moment alleine sein."

„Aber es ist kalt hier draußen und drinnen gibt es wirklich guten Kaffee! Damit bekomme ich dich bestimmt gelockt?"

„Ja. Sonst eigentlich schon..., aber jetzt gerade nicht. Trotzdem. Danke. Danke für alles! Ich mache einen kurzen Spaziergang... und danach... sehen wir uns wieder..."

Julia nickte und ging rein. Sie nahm an, dass Ted mit *wir* ihn und sie gemeint hatte...

Ted nickte ihr freundlich hinterher und ging dann zu dem Straßencafé auf dem Markt-Platz.

Er setzte sich in die Sonne, stellte Kiras Tasse vor sich hin und bestellte ein großes Kännchen Kaffee und ein kleines Kännchen Milch...